Thomas Brezina

Pssst! Unser Geheimnis

Die Lehrer-Fernbedienung

Band 25

Thomas Brezina

Pssst! Unser Geheimnis
Band 25

DIE LEHRER-FERNBEDIENUNG

Mit Illustrationen von Rolf Bunse

Ravensburger Buchverlag

Bibliografische Information der Deutschen Nationalbibliothek:

Die Deutsche Nationalbibliothek verzeichnet diese Publikation in der Deutschen Nationalbibliografie. Detaillierte bibliografische Daten sind im Internet über **http://dnb.d-nb.de** abrufbar.

1 2 3 11 10 09

Umschlaggestaltung: Sabine Reddig
unter Verwendung einer Illustration
von Annabelle von Sperber
Innenillustrationen: Rolf Bunse

Printed in Germany

ISBN 978-3-473-47435-6

www.ravensburger.de
www.thomasbrezina.com

Heydiho,

Promifoto

Krissi Kiska:

intelligent, schön, prominent, humorvoll

Hobbys: Achterbahn fahren ohne Ende, Abenteuer und Spaß haben

und

Freund/e
innen

Vanessa die Karatetigertodeskralle, supertoller Kumpel.

Bix supertoller Kumpel, könnte aber auch als Butterblume auf einer Almwiese stehen.

HO-HO

PS: 2 Katzen (Donald + Daisy), 1 Hund (Amadeus), 1 Mutter (Mam), 1 Vater (Paps), 2 Brüder (?+?)
ach ja: Caesar + Antonius

Halli, hallo – ich bin Bix Taler.

Ich habe einen UNmöglichen kleinen Bruder und eine etwas seltsame – aber liebe – Mutter.

Was ich nicht mag: Streit; Spinat; rechthaberische, dumme, alberne, aufdringliche Jungs; zu enge Tops und kaputte Strümpfe.

Was ich mag: Mama; Ben (Mamas Freund); ein bisschen auch Felix, meinen Bruder; Dick + Doof, meine Kaninchen; Spaghetti – davon viel! Rotkohl; Lasagne; Schokopudding; Eis …

Was ich besonders mag: meine allerbesten Freundinnen

Krissi + Vanessa

Ulknudel, mitfühlend, meistens zuverlässig

Supersportlich, superzuverlässig, beneidenswert schlank

CIAO!

HAALLOOOOOO!

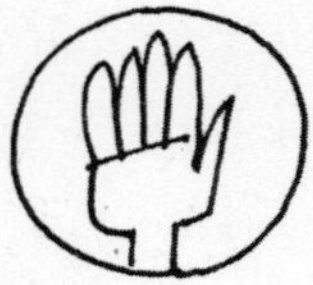

Persönliche Daten

Name: Vanessa Reininghaus
Größe: 158 cm
Augenfarbe: braun
Besondere Kennzeichen:
Haare – sehr kurz

Freundinnen

„nur 2"– zählen wie 2000

Bix: absolut romantisch, lieb, hat immer Verständnis, sollte mehr Sport machen!

Krissi: absolut gut drauf – immer (fast immer – wenn nicht, sind wir für sie da)

Freizeitaktivitäten

Sport – Karate
Chem. Experimente
Meine Freundinnen

Zuständigkeiten

Schule
Schwestern:
Wanda Reininghaus
Susanna Reininghaus
Sonntags – spülen
Ordnung halten (ächz)

Leidenschaften

5 Sittiche
Reisen
Karate
Chem. Experimente
Flippige Mode

Vanessa

Hallo ihr kleinen Biester,

mein Name ist Alexa und ich bin die absolut wunderschönste Kröte der Welt. Und wenn ich sage Kröte, meine ich auch Kröte!

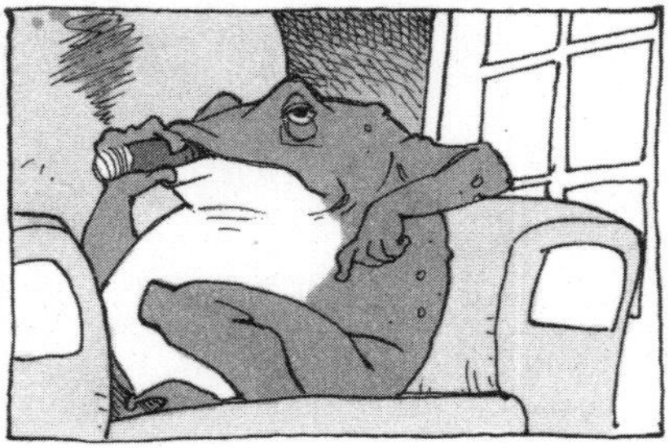

Beweisfoto

Was ich großartig finde:

- dicke Zigarren
- Kartoffelchips, je fettiger, je lieber (rülps)
- diese dämlichen Gören Fetti, Deppi und Fretti herumzukommandieren

Na, erraten, wen ich damit meine?!

Was mich wild macht:

- wenn die 3 Mädels nicht tun, was ich ihnen sage (dann setzt es Pickel!)
- wenn man meine wahre Schönheit nicht erkennt

In Wirklichkeit bin ich ja das zauberhafteste, elfenhafteste Mädchen der ganzen Welt.

Eine Krötenprinzessin sozusagen.
Aber das ist eine lange Geschichte ...

Hallihallohallöchen,

wollt ihr wissen, wovon ich träume?
Oder besser gesagt: von __wem__?
Er ist wunderschön, superschnittig und
ich würde sooo gerne mit ihm gehen.
Wenn ihr jetzt denkt, ich rede von einem
dieser pickeligen Jungs in meiner Schule,
dann habt ihr euch geschnitten.
Ich meine natürlich den ultracoolsten
Sportschuh aller Zeiten.

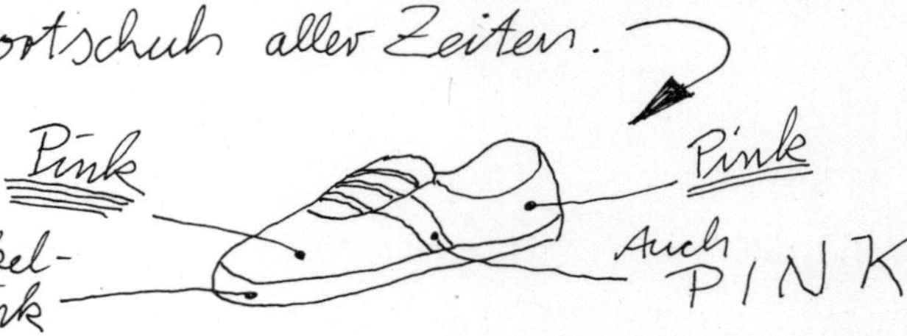

Meine Eltern sind sogar bereit, mir die
Kohle dafür zu geben. Die Sache hat
nur einen klitzekleinen Haken: Sie
rücken erst damit raus, wenn ich im
Horrorfach Englisch eine gute Note ab-
sahne. Zum Glück habe ich schon eine
Idee, wie das klappen könnte ...

Eure

Ich-krieg-alles-was-ich-haben-will
Krissi

Geheimbotschaften

Vorne im Umschlag findest du die Geheimbotschaften von Krissi, Bix und Vanessa.

Bei dieser Geheimschrift war ein Buchstabenfresser am Werk. Er klaut Buchstaben und ersetzt sie durch Kochlöffel. Die geklauten Buchstaben stellt er hinter die Suppenschüssel, aber in umgekehrter Reihenfolge!

Ersetze also den ersten Kochlöffel in jeder Geheimbotschaft durch den letzten der Buchstaben, die hinter der Suppenschüssel stehen, den zweiten Kochlöffel durch den vorletzten Buchstaben und so weiter.

Und schon kannst du die Botschaft lesen.

Hierzu das folgende Beispiel: Welches Wort wurde verschlüsselt?

Richtig, das Wort lautet „BUCHSTABENDIEB“. Auf diese Weise kannst du selbstverständlich auch Geheimbotschaften schreiben, die nur deine Freundinnen lesen können.

Viel Spaß beim Knobeln!

Flusspferd mit Spitzenschuhen

Was haben pinkfarbene Sportschuhe und die beste Note in Englisch gemeinsam?

Beides hab ich nicht.

Beides krieg ich nicht.

Zurzeit wenigstens. Aber ich heiße Krissi Kiska – hallo übrigens – und wenn ich mir was in den Kopf setze, dann bekomme ich es auch. Selbst wenn es so unmöglich erscheint wie ein Flusspferd, das in Spitzenschuhen tanzt.

Fangen wir mit den pinkfarbenen Sportschuhen an. Ich bin einfach wild darauf. Sie sind aus Lackleder und Rauleder und haben eine dunkelrosa Sohle. Absolut superschick und einfach megatoll zu Jeans und weißen Shorts.

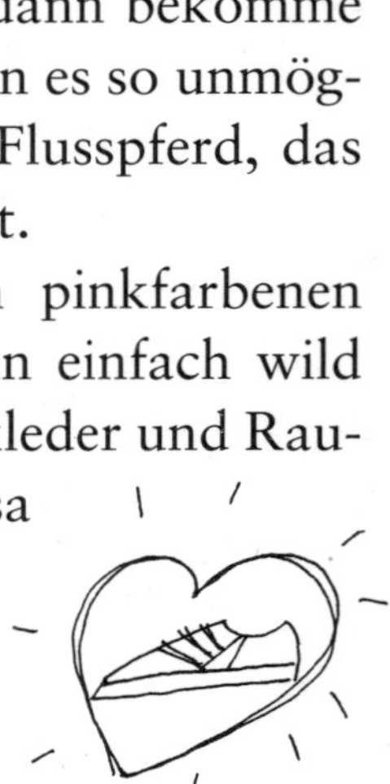

Haken Nummer eins: Diese Schuhe sind schweineteuer.

Haken Nummer zwei: Mam hasst Pink. Sie sagt, Pink ist nur etwas für Babys und Tussis und keins von beidem sei ich. Auch wenn sie sonst beim Einkaufen wirklich nicht knausrig ist, kriegt sie beim Anblick meiner neuen Lieblingssportschuhe grüne Pickel auf dem Po.

Natürlich nicht wirklich. Aber sie tut so, als würden sie grüne Pickel jucken.

Auch eine Krissi Kiska weiß, wann sie sich geschlagen geben muss. Mam zu überreden, mir doch noch die pinkfarbenen Schuhe zu kaufen, ist ungefähr so gut möglich, wie ein Krokodil zum Kuscheltier zu machen. Da kann ich nur sagen: Vergiss es, Krissi. Du brauchst einen Plan B.

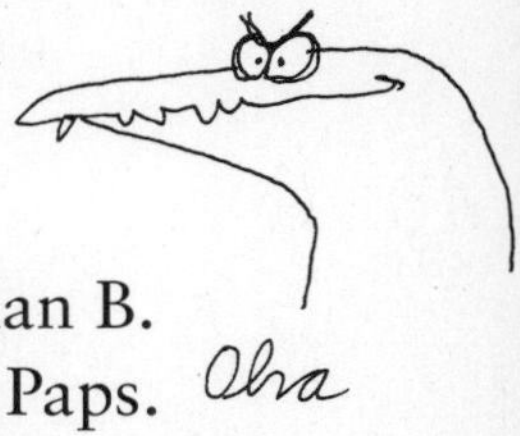

Ich hatte ihn auch schon. Er hieß Paps. Ich wollte den richtigen Moment abwarten und ihn dann so lange unter dem Kinn kitzeln, bis er butterweich sein würde. Und dann könnten wir uns heimlich – wie zwei Verschwörer – verabreden. Wir würden uns in der Fußgängerzone treffen und ich könnte Papa zum Schuhladen schleppen. Dort würde ich ihn hineinschieben, und falls er irgendwelche Zweifel bekäme, würde ich ihm den Fluchtweg versperren.

Außerdem würde ich die Schuhe gleich anlas-

sen. Ich würde in Richtung Ausgang laufen, sodass er gar keine andere Wahl hätte als zu bezahlen. Er würde es dann auch seufzend tun und ich würde ihn dafür den ganzen Heimweg lang loben.

Ein bisschen gerissen von mir, ich weiß. Aber frau muss schlau sein und sich zu helfen wissen.

Was die pinkfarbenen Sportschuhe angeht, so habe ich alles genau geplant.

Am Dienstagabend war Mam im Bauchtanzkurs. Gemeinsam mit Bix' Mam. Wir wollen den beiden unbedingt einmal beim Bauchtanzen zusehen. Es muss ziemlich komisch ausschauen. Aber ich mache mich nicht lustig, ich finde es einfach witzig, wenn Mamas, die manchmal Strafpredigten halten und streng sind, auf einmal den Nabel kreisen lassen.

Paps kam ziemlich spät aus der Firma heim. Meine beiden Brüder, Caesar und Antonius, waren bei Freunden. Da ich wusste, dass im Fernsehen Fußball kam, richtete ich für Paps und mich belegte Brote her. Ich stellte ihm sogar schon den Fernseher an. Er war begeistert und machte es sich sofort im Wohnzimmer bequem, die Füße auf dem Couchtisch. Ich servierte ihm sogar noch ein Glas Bier, mir selbst eine rosa Zitronenlimonade. Die mache ich aus Zitronensaft, Wasser und ein paar Tropfen Lebensmittelfarbe.

Als dann das zweite Tor für Papas Mannschaft gefallen war, setzte ich mich zu ihm auf die Sofalehne. Meine rosa Zitronenlimonade schwenkte ich ganz lässig vor seiner Nase.

„Papilein“, begann ich. „Das ist meine Lieblingsfarbe, weißt du das?“

Und ich kriege ihn weich!

Es lief gerade Werbung und Paps drehte den Ton weg. „Meine Prinzessin“, scherzte er.

„Ich hätte so gerne pinkfarbene Sportschuhe. Damit würde ich viel lieber jeden Abend meine Runden im Park drehen.“ Paps ist selbst ein leidenschaftlicher Jogger.

„Für das Laufen ist nicht die Farbe entscheidend, sondern die Qualität der Sohle“, belehrte er mich.

Ups, kein Treffer. Schnell die Taktik ändern.

„Weißt du, mit den Schuhen macht es auch gleich mehr Spaß, in die Schule zu gehen. Und den kann ich brauchen. Die Prüfungen sind so hart.“

Wissend nickte Paps. „Kann ich gut verstehen. Wie stehst du eigentlich in Englisch?“

Alarm! Heute lief alles falsch. In Englisch stand ich meistens mit einem Bein im Grab.

Paps etwas vorzuflunkern ist möglich, aber ich tu es nicht. Er kommt immer drauf. Mir blieb nichts anderes übrig, als zu gestehen, dass ich in Englisch nicht gerade spitze war und eher so auf dem vorletzten Platz landen würde.

Paps schaltete den Fernseher ab. Obwohl gerade mal die erste Halbzeit vorbei war.

Alarmstufe knallrot.

Keine Chance zur Flucht.

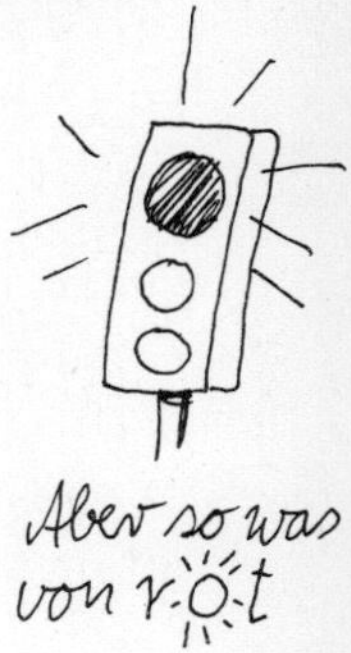

„Krissi, die Sprache brauchst du im Leben. Und so schwer ist es wirklich nicht. In meiner Firma kann niemand Karriere machen, der nicht perfektes Englisch spricht."

Meine Wangen begannen zu glühen. Ich überlegte fieberhaft, wie ich entkommen könnte.

„Du musst in Englisch besser werden. Da dir deine pinkfarbenen Sportschuhe so wichtig sind, kaufe ich sie dir, wenn du deine Englischnote verbessert hast. Sonst bekommst du die Schuhe auch von mir nicht."

Er klopfte mir aufmunternd auf die Schulter. „Du schaffst das schon, du bist ein starkes Mädchen."

Und wenn nicht? Was dann? Waren nur die pinkfarbenen Treter verloren, oder …?

Paps schien Gedanken lesen können. Er fuhr nämlich fort: „Falls du aber weiter so schwach bist in Englisch, musst du in den Sommerferien einen Kurs machen. Drei Wochen Ferienlager sind dann nicht drin. Höchstens eine."

Boing! K.o. nach nur einer Runde.

Mich konnte höchstens ein Wunder retten. Aber wo bitte bekam ich auf die Schnelle ein Wunder her?

Sonst bin ich verloren ...

Es war wie in einem Westernfilm. Ich hatte gepokert und verloren. Nicht nur das: Ich war auch noch zu einem Duell herausgefordert worden. Zur Mittagszeit.

Nur meine Lehrerin, Frau Boran-Bartenklein, und ich.

Wie zwei Cowboys würden wir uns gegenüberstehen. Allein auf der Hauptstraße der Stadt. Alle Bewohner hatten sich in ihre Häuser verzogen. Sie spähten durch die Ritzen der Fensterläden. Niemand wagte zu atmen.

Hundert Schritte trennten mich und Frau Boran-Bartenklein. Noch kehrten wir einander die Rücken zu. Auf ein Signal hin aber würden wir uns umdrehen und gleichzeitig schießen. Eine von uns beiden würde zu Boden gehen.

Möglicherweise Frau Boran-Bartenklein, weil

sie von meiner treffsicheren, richtigen Antwort völlig überwältigt war.

Oder aber ich, weil ich nicht einmal die Frage verstand, die unsere Englischlehrerin immer auf Englisch stellte.

Krissi, Krissi, schimpfte ich mit mir, wieso musst du so versessen auf diese pinkfarbenen Sportschuhe sein? Außerdem sollten Eltern wirklich ein Warnschild um den Hals tragen, wenn sie auf einmal völlig anders sind als sonst. Oder eine leuchtende Laufschrift auf der Stirn, die sagt: *Warnung: Wild auf gute Englischnoten. Abstand halten!*

Es wird Zeit, dass ich endlich mit der Schule fertig werde und diese Erfindungen machen kann.

Bestimmt verdiene ich damit mal ein richtiges Vermögen. Dann kann ich mir Tausende Dolmetscher leisten, die mich in alle Sprachen der Welt übersetzen.

Das alles musste jedoch noch warten. Im Augenblick ging es mir nur darum, die drohende Englischnachhilfe im Sommer abzuwehren.

Frau Boran-Bartenklein musste mir eine bessere Note geben.

Zum Glück habe ich zwei beste Freundinnen, die ungefähr so verschieden sind wie Schokoeis und Magerjoghurt.

Vanessa ist mehr Magerjoghurt. Ihr Spitzname ist Grübel, weil sie so viel denkt.

Bix ist dafür das Schokoeis. Rund und köstlich und wenn's Flecken gibt, stört das keinen, weil's so gut geschmeckt hat.

Moment! Das klingt, als wäre ich Kannibalin und würde Bix essen. Das tue ich natürlich nicht.

Ich wollte an diesem Abend noch zu meinen Freundinnen, um mit ihnen zu beraten, wie ich gerettet werden könnte. An der Haustür hielt Paps mich auf.

„Am besten, du fängst sofort mit dem Lernen an“, sagte er ernst und deutete mit dem Finger in den ersten Stock, wo mein Zimmer liegt. Mir blieb nichts anderes übrig, als hinaufzugehen. Hinter mir schloss ich die Tür und – lernte *nicht* Englisch.

Wenn mir jemand etwas so befiehlt, werde ich störrisch wie ein Esel. Richtig bockig werde ich dann.

Von unten rief Paps: „Und kein Telefonieren mit deinem Handy!“

Was war das? Einer seiner Kerkermeister-Anfälle?

Aber auch ohne Handy konnten Vanessa, Bix und ich uns ausgezeichnet unterhalten. Wir wohnen nicht nur in derselben Straße, unsere Häuser stehen auch nahe beisammen. Bix lebt auf der anderen Straßenseite und ich kann von meinem Zimmerfenster aus zu ihr sehen. Und Vanessa wohnt nebenan.

Wir haben Verbindungen zwischen unseren Häusern gebaut. Von meinem Fenster zu Bix ist ein Draht gespannt und von unserem Flurfenster im ersten Stock zu Vanessas Zimmer ein alter Staubsaugerschlauch. Per Draht und durch den Schlauch senden wir Geheimbotschaften. Damit sie auch bestimmt keiner lesen kann, erfinden wir ständig neue Geheimschriften.

Ich schrieb an Vanessa und Bix: *HILFE! MUSS IN ENGLISCH BESSERE NOTE BEKOMMEN!*

Diese Nachricht brauchte ich nicht zu verschlüsseln. Selbst wenn sie Paps in die Hände fiele, fände nicht einmal er in seinem Kerkermeister-Anfall etwas daran auszusetzen.

Die Antworten meiner Freundinnen aber kamen als Geheimbotschaften. Nachdem ich sie entziffert hatte, war ich froh darüber.

Vanessa schrieb:

Geheimbotschaft Nr. 1, vorn im Umschlag

Bix schrieb:

Geheimbotschaft Nr. 2, vorn im Umschlag

Vielen Dank. Wenigstens hatte keine meiner Freundinnen mir geraten, am besten gleich die Ferien zu streichen und zehn Stunden am Tag Englisch zu pauken.

Mit den besten Freundinnen hat man es nicht leicht. Sie können die Allertollsten sein, aber manchmal auch die schlimmsten Nervensägen.

Vanessas Idee war natürlich völliger Blödsinn. Wo sollte ich so schnell Hypnotisieren lernen? So schnelle Schnellkurse gab es gar nicht.

Bix' Vorschlag erschien mir besser. Da es in meinem Hinterteil nur noch kribbelte, konnte ich weder sitzen noch liegen. Ich bin einfach so. Ich muss dann sofort etwas unternehmen. Anders halte ich es nicht aus.

So habe ich einen Plan gefasst: Ich wollte noch an diesem Abend zu Alexa. Da sie aber im Keller des Rathauses haust, musste ich dafür quer durch die halbe Stadt laufen und Paps würde das nie erlauben. Es sei denn …

Ich habe es doch getan. Ich habe ihn angeflunkert. Ganz zerknirscht tauchte ich im Wohnzimmer auf und sagte dann mit gesenktem Kopf: „Paps, ich habe ein Problem."

„Nicht nur du", murmelte Paps und zeigte mit dem Kopf auf den Fernseher. Seine Mannschaft lag zwei Tore zurück und schon drohte ihr das dritte.

„Ich muss für die Schule etwas über das Rathaus schreiben und habe vergessen, heute vorbeizuradeln."

Paps sah mich an. „Soll ich dich schnell hinbringen?"

Ich nickte und strahlte ihn dankbar an.

„Komm. Dieses Debakel auf dem Fußballfeld will ich ohnehin nicht sehen. Es macht nur schlechte Laune."

Artig saß ich neben Paps auf dem Beifahrersitz. Die halbe Fahrt lang hielt er mir dann einen Vortrag über Gewissenhaftigkeit, Verantwortung und Pflichtbewusstsein. Ihn musste da wirklich irgendein Tier gebissen haben. Sonst war er nicht so.

„Was genau sollst du über das Rathaus herausfinden?“, wollte er wissen.

Aua! Mit dieser Frage hatte ich nicht gerechnet. Mir musste blitzschnell etwas einfallen.

„Ich helfe dir gerne“, bot er an.

Mit diesem Angebot konnte ich ihn im eigenen Netz fangen.

Tadelnd sagte ich: „Also Paps, meine Hausaufgaben muss ich wirklich selbst machen.“

Über diese Ansage war Paps ziemlich verdutzt. Doch er hatte sich schnell gefangen und nickte heftig. „Völlig richtig, Krissi. Das ist sehr ehrlich von dir.“

Bei dem Wort „ehrlich“ drückte mich das schlechte Gewissen, denn für Ehrlichkeit verdiente ich in dem Augenblick kein Lob.

Falls jemand es noch nicht weiß: Bix, Vanessa und ich scheinen drei stinknormale Mädchen in einer stinknormalen kleinen Stadt zu sein. Dieser Eindruck täuscht.

Wir drei teilen ein Geheimnis, das mit Alexa und dem Keller des Rathauses zu tun hat.

Vor längerer Zeit schon sind wir bei einem Ausflug ins Rathaus mit unserer Klasse auf der Suche nach dem stillen Örtchen aus Versehen in den Keller geraten. Auf einmal standen wir vor einer Backsteinwand, die zu schmelzen begann.

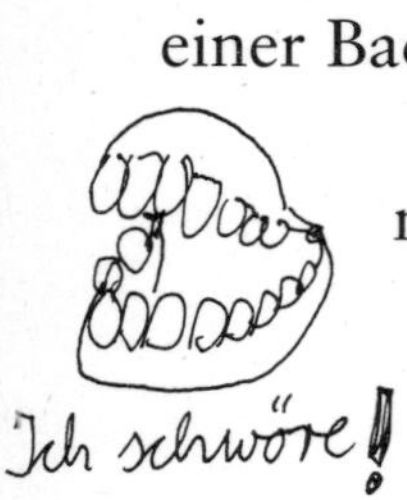

Ich schwöre bei den falschen Zähnen meiner Oma, es war wirklich so. Hinter den Steinen tauchte eine violette Tür auf.

Genau diese Tür war mein Ziel an diesem Abend. Übrigens zeigt sie sich nur, wenn eine von uns im Keller auftaucht. Andere können das Gewölbe, das dahinterliegt, nicht betreten.

Es lief zuerst alles wie gewohnt, Backsteine lösen sich auf, Tür erscheint, Klinke leuchtet golden, ich drücke sie nieder und betrete das Gewölbe.

Es ist weitläufig und an einigen Stellen nicht sehr hoch. Viele quadratische und runde Pfeiler stützen es. Überall stehen alte Möbelstücke: Regale, Truhen, Schränke und Spiegel in dicken geschnitzten Rahmen. In der Mitte, wie ein Thron, wartet ein alter Lehnsessel aus Leder. Dort sitzt sie meistens: Alexa.

Sie ist eine Kröte. Ich finde sie entsetzlich fett und so hässlich, dass es in den Augen wehtut. Das darfst du ihr aber niemals sagen. Außerdem ist sie so groß wie mein Spaniel Amadeus.

Die Größe ist ungewöhnlich. Noch viel erstaunlicher aber ist, dass Alexa sprechen kann und eine Vorliebe für Chips hat. Willst du sie milde stimmen, bring ihr Chips. Am liebsten mit Knoblauchgeschmack und Grillgewürz.

Archivfoto (geheim)

Alexa ist die Hüterin der Monster und Ungeheuer, die getarnt in der Stadt leben. Ja, es gibt eine echte Hexe, die als Zahnärztin arbeitet, einen Fleischer, der ein Werwolf ist, und der Besitzer der Eisdiele fliegt bei Vollmond als Vampir herum – allerdings mit einer Art Beißkorb, den ihm Alexa verordnet hat.

Alexa ist nicht nur dick und zu uns ziemlich gemein, sondern auch faul. Deshalb hat sie uns drei angelockt. Wir müssen den Großteil ihrer Arbeit erledigen. Und dafür macht sie uns dann meist auch noch zur Schnecke.

Warum wir uns das gefallen lassen? Ganz einfach: Weil wir dadurch so völlig anders sind als alle anderen. Weil unser Geheimnis so groß und sensationell ist wie kein anderes. Und weil Alexa auch ihre zarten Seiten hat. Sie kann eine richtige Freundin sein.

An diesem Abend brauchte ich Alexa, die Freundin. Ich schwor mir, ihr schon morgen so viele Chips zu kaufen, wie sie futtern konnte. Selbst wenn mein gesamtes Taschengeld draufginge.

Beim Eintreten in das Gewölbe roch ich sofort den üblichen feuchten, modrigen Mief und den feinen Duft von Knoblauch, der aus mehreren leeren Chipspackungen kam, die auf dem Boden lagen.

Die Kröte aber war nirgendwo zu sehen. War ich umsonst gekommen?

Heiserkeit und Nasenbären-Po

„Alexa?“, rief ich fragend.

Hinter mir schwenkte die violette Tür von allein wieder zu.

Im Gewölbe blieb es ungewohnt still.

In Filmen räuspern sich die Leute immer, wenn niemand antwortet. Also tat ich es auch – und zwar richtig laut und deutlich. Mein Räuspern hätte jede Oma aus dem Koma geholt.

Aber Alexa meldete sich noch immer nicht.

Meine Stimmung, meine Hoffnung, einfach alles sank auf minus null.

Unser Mathelehrer würde jetzt schon im Viereck springen und zetern: „Minus null gibt es nicht, Kiska. Es gibt nur null, null, null!“ Er wiederholt vieles dreimal, als wollte er es uns in den Kopf hämmern.

Ich musste also unverrichteter Dinge wieder

gehen. Was blieb mir denn anderes übrig! Aber wie sollte ich nur dieses Englisch-Wunder vollbringen?

„Ach Alexa“, seufzte ich. „Einmal brauche ich dich und dann bist du nicht da. Dabei geht es um Leben und Tod.“ Das war vielleicht etwas übertrieben, aber mir kam es zumindest so vor.

„Heul nicht herum“, tönte es krächzend hinter dem Lehnstuhl hervor.

„Alexa!“ Ich machte vor Freude sogar einen kleinen Luftsprung.

„Bleib auf dem Teppich!“

Solche Aussprüche waren typisch für Alexa. Aber wieso klang ihre Stimme so heiser?

Egal. Sie musste mir helfen und das war jetzt wichtiger als alles andere.

„Hast du ein Mittel, das aus mir ein Englisch-Genie macht?“

In den Regalen reihten sich viele Fläschchen und Tiegel aneinander. Sie enthielten Pulver, Öle und Salben in allen möglichen Farben. Es war besser, nicht zu fragen, woraus die Sachen hergestellt waren. Man musste mit Antworten wie getrockneter Spinnenspucke oder zerstoßener Geierkrallen rechnen.

„So etwas gibt es nicht." Alexa krächzte schon fast nicht mehr, sondern flüsterte laut.

„Gibt es etwas, was ich meiner Englischlehrerin geben kann, damit sie mir die besten Noten schenkt?" Ich stellte mir schon vor, wie ich Frau Boran-Bartenklein geriebene Mistkäfer in den Pausentee mischte. Die Idee gefiel mir und ich musste breit grinsen.

„Gibt es nicht."

„Fällt dir gar nichts ein? Du kennst doch so viele Tricks und Zaubersprüche!" Ich bettelte und flehte. Damit Alexa den Ernst der Lage verstand, schilderte ich ihr, was mir Paps angedroht hatte.

„Der Stadtvampir hat sicher seit gut neun Jahren kein Blut mehr getrunken. Ich kann ihn bei dir daheim vorbeischicken!", lautete Alexas Angebot.

Nein danke, das wollte ich nun auch wieder nicht.

„Wieso sitzt du eigentlich hinter deinem Lehnsessel?", wollte ich wissen. „Und wieso ist deine Stimme so rau?"

Alexa äffte mich nach: „Und wieso stellst du Fragen wie Rotkäppchen?"

Schnell klappte ich den Mund zu. Jetzt bloß nicht Alexa verärgern!

„Bitte“, wagte ich noch zu sagen.

„Hämmmmm“, ertönte es hinter dem Sessel. Und noch einmal „Hämmmmmm!“

Danach folgte eine lange Pause. Ich musste bald zu Paps zurück, der im Auto wartete. Blieb ich zu lange weg, würde er mir vielleicht nachkommen. Es wäre bestimmt nicht gut, wenn er mich aus dem Keller heraufkommen sähe. Das würde viele neue Fragen aufwerfen und auf die hatte ich an diesem Abend wirklich minus null Bock.

„Es gibt kein Kraut, das aus dir eine Engländerin oder deiner Lehrerin eine Gute-Noten-Fee macht.“

Das klang leider alles andere als aufbauend.

Alexas Stimme hatte einen listigen Unterton, als sie weiterredete: „Du müsstest eine Idee haben, die völlig außergewöhnlich ist. Etwas, was dich retten könnte und was es noch nie zuvor gegeben hat. Wenn dir so etwas einfällt, dann beweg dein Pavianhinterteil wieder her zu mir. Mal sehen, was sich dann machen lässt.“

Ich wollte von Alexa wissen, was ich mir unter dem, was sie da gerade vorgeschlagen hatte, vorstellen muste.

„Hugh, ich habe gesprochen!“, erklärte sie barsch.

„Außerdem habe ich kein Pavianhinterteil“, sagte ich gekränkt.

„Nein. Hast du nicht. Und jetzt zieh endlich ab.“

Hätte ich nicht ihre Hilfe so dringend benötigt, wäre ich jetzt richtig sauer geworden. So aber murmelte ich nur ein „Bis bald!“ und trat wieder an die violette Tür. Ich war schon auf dem Gang und die Backsteinwand begann wieder zu erscheinen, als mir Alexa von drinnen nachrief: „Du hast einen …“ Ihr Lachen wurde von der Mauer erstickt.

Ich möchte nicht, dass einer meiner Brüder oder – schlimmer noch – Bix’ kleiner Bruder Felix dieses Wort liest. Bestimmt müsste ich mir diesen Namen dann die nächsten drei Jahre am Morgen, zu Mittag und am Abend anhören.

Nein danke, kein Bedarf. Deshalb in Geheimschrift, was mir Alexa nachgerufen hat.

Geheimbotschaft Nr. 3, vorn im Umschlag

Mit geballten Fäusten und zusammengebissenen Zähnen stapfte ich die Treppe hinauf und verließ das Rathaus.

Manchmal tut es wirklich gut, sich Dinge vorzustellen, die in Wirklichkeit nicht möglich sind. Auf der Fahrt nach Hause malte ich mir aus, wie Alexa gebraten und mit einem Apfel im Maul auf einem silbernen Tablett serviert wurde und ich mir dann ein dickes Steak von ihrer Haxe abschnitt.

Mit einem Seitenblick auf mich meinte Paps: „Du grinst so seltsam …“

Wenn er wüsste …

Gleichzeitig mit uns kamen auch Mam und Frau Taler aus ihrem Bauchtanzkurs zurück. Beide waren aufgekratzt und kicherten wie in unserer Klasse die albernen Hühner.

„N’ Abend, die Damen!“, grüßte Paps.

Mam starrte ihn mit gerunzelter Stirn an. Ich kenne diesen Blick. Er verheißt nichts Gutes.

„Wieso kommst du jetzt erst aus dem Büro?“

Ihre Frage hörte sich an wie ein Peitschenknall.

Paps zuckte zusammen, als hätte sie ihn bei etwas Verbotenem ertappt.

„Ich … ich war schon längst zu Hause."

„Ach ja?" Mam klang sehr misstrauisch.

Frau Taler blickte zwischen den beiden hin und her.

„Wollt ihr noch auf einen Sprung zu mir hereinkommen?", bot sie an.

Erst jetzt bemerkte Mam mich.

„Krissi, was machst *du* denn hier?", wollte sie wissen.

„Äh … musste noch was für die Schule herausfinden", flunkerte ich auch ihr vor. „Paps hat mich gefahren."

„Ach was?" Auf einmal entspannte sich Mam wieder. Die Falten auf der Stirn und die Furche zwischen den Augen wurden glatt. Zu Bix' Mam sagte sie: „Danke, Gertrud, ein andermal. Ich bin heute müde."

Sie verabschiedeten sich und Paps schloss die Haustür auf.

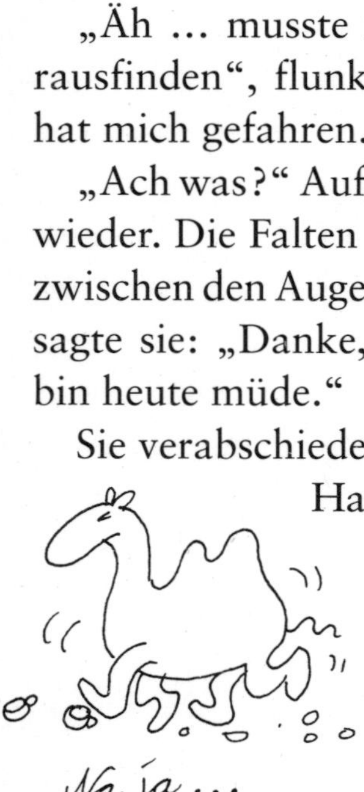

Bix sagt manchmal, dass ich so feinfühlig sei wie ein Trampeltier. Trotzdem entging nicht einmal mir, wie es zwischen Mam und Paps knisterte. Die zwei waren wie ein Wollpulli im Winter, wenn ich ihn über den Kopf auszog. Da sprangen auch viele Funken und es war ziemlich unangenehm.

Wenn Mam und Paps Streit haben, mag ich das gar nicht. Diesmal aber war es kein richtiger Streit, sondern etwas anderes.

Ich würde es rausfinden.

Aber wollte ich das denn überhaupt?

Scherzartikel-Fabrikant

Im Bus zur Schule beratschlagte ich mit Bix und Vanessa, wie ich Alexas Vorschlag umsetzen könnte. Noch einmal wiederholte ich, was sie zu mir gesagt hatte: Ich müsste eine Idee haben,

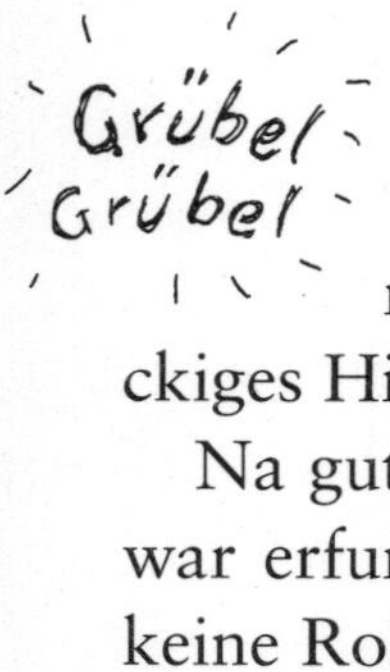

die völlig außergewöhnlich ist. Etwas, was mich retten könnte und was es noch nie zuvor gegeben hat. Wenn mir so etwas einfällt, soll ich mein knackiges Hinterteil wieder zu ihr bewegen.

Na gut, das mit dem „knackigen Hinterteil" war erfunden, aber es spielte ja auch wirklich keine Rolle in der Angelegenheit „Rettet meine Englischnote".

Bix hatte noch den Rest ihres Frühstücksbrotes in der Hand. Es war dick mit Käse und Paprikastreifen belegt. Während sie kaute, rollte sie mit den Augen.

„Ist dir was eingefallen?", fragte ich sie.

„Wieso?"

„Weil du so mit den Augen rollst.“

„Nein. Das ist wegen des Brotes. Da ist Erdnussbutter drauf. Die ess’ ich so gerne“, antwortete sie.

Aus lauter Wut schnappte ich zu und verschlang mit einem Bissen fast die Hälfte des Brotes. Das war unfassbar. Ihre beste Freundin stand am Rande des Abgrunds und Bix dachte nur darüber nach, was ihren Gaumen kitzelte.

Schuldbewusst schlug Bix mir sofort etwas vor. Sie ist echt ein guter Kumpel, aber manchmal schrecklich einfältig.

„Du brauchst Spickzettel. Gute Spickzettel. Damit schaffst du den nächsten Test und die letzte Schularbeit bestimmt besser.“

Das rief bei mir nur ein müdes Lächeln hervor. Frau Boran-Bartenklein hatte wahrscheinlich auch am Hinterkopf unter den Haaren Augen. Ich verdächtigte sie, sogar mit den Hühneraugen zu sehen und in Wirklichkeit ein Monster zu sein. Spicken war bei ihr völlig unmöglich.

„Mach es mir vor, dann mach ich es nach!“, knurrte ich vor mich hin.

Vanessa blickte währenddessen zum

Busfenster hinaus, wo die Häuser der Straße nur so vorbeiflogen.

„Du brauchtest etwas, was die Zeit anhält. Nur du kannst dich weiterbewegen. So schaffst du es, dir die richtigen Antworten zu besorgen, und dein Problem wäre gelöst."

Dieser Vorschlag begeisterte mich genauso wenig. Wie sollte das funktionieren? Und woher sollte ich mir dann die Antworten holen? Wenn ich zum Beispiel von Alexander abschrieb, der in unserer Klasse der Beste in Englisch ist, hieß das noch lange nicht, dass ich bestanden hatte. Frau Boran-Bartenklein ist ziemlich trickreich. Sie verteilt immer unterschiedliche Aufgabenzettel. Alexander könnte völlig andere Fragen haben. Und am Ende hatte nur Natascha dieselben Aufgaben wie ich und sie ist in dem Fach leider richtig schlecht.

Es war ein schöner, sonniger Sommertag, aber ich fühlte mich wie im tiefsten November.

Der Bus hielt ausgerechnet vor dem Schuhgeschäft, in dessen Schaufenster die pinkfarbenen Treter standen, die mir den ganzen Ärger eingebrockt hatten. Ich beschloss, Pink für immer von der Liste meiner Lieblingsfarben zu streichen. Es war einfacher, nur mit Blau und Schwarz

Wenn diese Treter nicht der Hammer sind!

zu leben. Mam wedelte sofort mit ihrem Portmonee, wenn ich etwas Blaues haben wollte, und Paps liebte Schwarz.

Leider stand Schwarz an letzter und Blau an vorletzter Stelle meiner Lieblingsfarbenliste.

Es war wirklich zum Verzweifeln.

Ich fand die Welt hart und ungerecht.

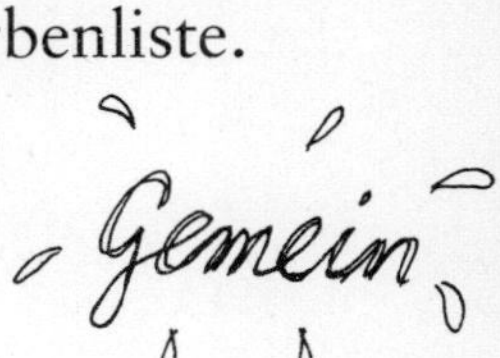

Normalerweise bin ich nicht so.

Aber das war ein Extremfall. Das musste jeder zugeben, der von meinem entsetzlichen Schicksal hörte.

Bestimmt würde ich in sämtliche Talkshows

eingeladen werden, in denen es sich um das Thema „Mein Leben ist nicht fein, sondern gemein“ drehte.

In der ersten Stunde kam Frau Löblich, unsere Direktorin, zu uns in die Klasse. Vorstellen kann man sie sich als sprechende Forelle. Sie formt die Lippen immer zu einem O und klappt sie auf

und zu wie die armen Forellen in den Aquarien im Restaurant, kurz bevor sie herausgefischt und gegessen werden. Ich glaube manchmal, Frau Löblich hält sich für die Tochter einer Gräfin, die irrtümlich Schuldirektorin geworden ist. Jedenfalls tut sie immer so schrecklich

fein und spielt ständig mit ihrer langen Perlenkette. Sie nennt uns „Kinderloin“ und „Moine Lüben“ (soll heißen: „Meine Lieben“).

„Öbernöchste Woche beschöftigen wir uns mit Berufen. Wer fröh öberlegt, was er spöter einmal werden möchte, konn rechtzeitig darauf hinarboiten. Hat jemond schon oinen Berufswunsch?“, wollte sie wissen und blickte über unsere Köpfe.

Bix zeigte auf. „Babykrankenschwester.“

„Sehr interessant und wichtig. Wie kommst du darauf?“

Bix grinste. „Na ja, ich habe einen kleinen Bruder und an dem übe ich schon seit ein paar Jahren.“

Sie löste damit heftiges Gelächter aus. Frau Löblich aber schüttelte tadelnd den Kopf.

„Mehr Ernst, mehr Ernst, moine Lüben!“

Hinten meldete sich Lothar, unser Klassenclown. Wenn er nur die Hand hob, begannen einige schon zu kichern. Die Direktorin kannte ihn, weil er mindestens einmal die Woche von den Lehrern zu ihr geschickt wurde. Sie versuchte, ihn zu ignorieren.

„Bitte, ich, Frau Löblich!“, drängte Lothar.

Mit einem gequälten Seufzer rief Frau Löblich ihn auf. Lothar erhob sich sogar von der Bank, was wir sonst nie machen.

„Meine Eltern haben mich zu einem Berufseignungstest geschickt. Ich musste hundert Fragen beantworten.“

Frau Löblich hob interessiert die Augenbrauen und drehte an ihrer Perlenkette. „Und was kam dabei heraus?“

„Ich sei faul, nicht besonders intelligent und überhaupt eine ziemliche Dumpfbacke.“

Sogar die Direktorin musste sich das Grinsen verkneifen. Wir anderen hielten alle die Hand vor den Mund, um nicht loszuprusten. Bestimmt kam noch etwas von Lothar.

„Hot der Test auch ergöben, für wölchen Beruf du geeignet bist?“, erkundigte sich Frau Löblich.

Lothar nickte ernst. „Ja, das Ergebnis war eindeutig.“

„Und welcher wöre dos?“

„Lehrer!“

(„Lehrer!“)

Oha!

Wir konnten uns nicht mehr zurückhalten und lachten los. Frau Löblich aber bekam knallrote Wangen und hätte um ein Haar ihre Perlenkette abgerissen.

„Sötzen. Wir spröchen uns noch!“, zeterte sie. Energisch klatschte sie in die Hände. „Ruhe! Ich habe etwas Wichtiges mitzuteilen. Für onsere Informationswoche lade ich eure Öltern ein, in die Schule zu kommen und ihre Berufe vorzustellen.“ Sie deutete mit dem Zeigefinger auf einen nach dem anderen und jeder musste sagen, welchen Tätigkeiten seine Eltern nachgingen.

„Meine Mutter arbeitet halbtags in einer Apotheke und mein Vater ist in einer Firma, die Pappnasen, Karnevalsmasken und Scherztinte herstellt“, verkündete ich.

Neben mir verschwand Bix unter dem Pult, weil sie das Lachen nicht zurückhalten konnte. Vanessa riss ihr Mathebuch in die Höhe und ging dahinter in Deckung.

Natürlich war das von mir erfunden. Paps arbeitete in einer Firma, die langweilige Schrauben produziert, die irgendwelche Autos brauchten. Das wollte ich aber nicht zugeben und zudem dachte ich, dass Frau Löblich niemals einen Mann einlädt, der Scherzartikel herstellt. Allerdings kam zurzeit immer alles anders, als ich dachte.

„Wie außergewöhnlich. Höchst interessont. Er muss unbedingt kommen!“, sagte die Schulleiterin. „Ich werde moine Kollegin Frau Boran-Bartenklein beauftragen, sich mit ihm diesbezüglich in Verbindung zu setzen.“

Hatte sich alles gegen mich verschworen? War ich auf einmal von den Göttern verstoßen worden?

Das klang sehr dramatisch. Ich hatte diesen Ausruf in meiner Lieblingsfernsehserie gehört und wollte ihn schon lange einmal anwenden.

Um einzugestehen, dass ich nicht die Wahrheit gesagt hatte, fehlten mir im ersten Moment der Mut und dann die Gelegenheit. Frau Löblich zog bereits mit ihrer Liste der vortragenden Eltern ab.

War ich in Treibsand geraten? (Zweiter Lieblingsspruch, den ich schon lange einmal benutzen wollte.) Egal, was ich tat, ich wurde immer tiefer in den Strudel des Verderbens und Unglücks hineingezogen.

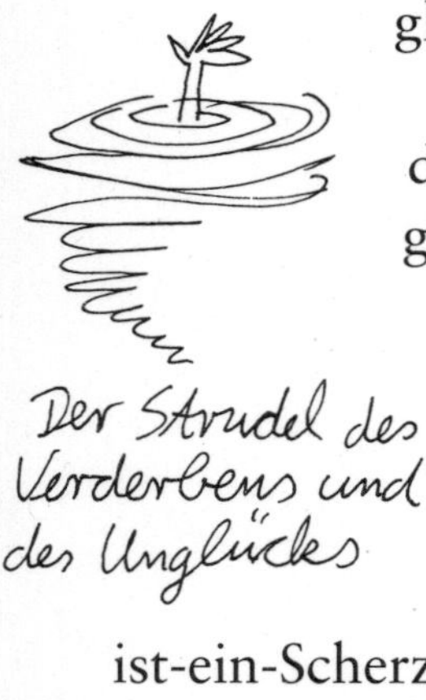

Die Treibsand-Frage habe ich in der ersten Pause Vanessa und Bix gestellt. Vanessa bewegte die Hand vor den Augen auf und ab und Bix tippte sich an die Stirn. Beide hielten mich für durchgeknallt. Gespannt waren sie darauf, wie ich aus der Nummer „Mein-Vater-ist-ein-Scherzartikel-Fabrikant“ wieder herauskommen würde.

Da hatten wir etwas gemeinsam.

Die zweite Stunde war Englisch. Meine Pechsträhne setzte sich fort. Ich erntete vier Ermahnungen von Frau Boran-Bartenklein, schließlich ein Minus für mangelnde Mitarbeit und dazu gleich einen Termin in zwei Tagen zu einer Vokabelprüfung.

Dabei konnte ich doch nichts dafür. Ich musste mit einem Auge Frau Boran-Bartenklein beobachten und mit einer Gehirnhälfte überlegen, was ich erfinden könnte, um meinen Kopf aus der Englisch-Schlinge zu ziehen. Mein anderes Auge starrte Löcher in die Luft und meine zweite Gehirnhälfte war damit beschäftigt zu grübeln, wie ich Frau Boran-Bartenklein davon abhalten könnte, Paps anzurufen.

„Krissi, gib mir bitte die Telefonnummer deines Vaters“, sagte die Lehrerin am Ende der Stunde zu mir.

Schock. Horror. Grusel. Ging es um mein schlechtes Benehmen?

„Die Direktorin möchte gern, dass ich mich mit ihm wegen der Berufsinformationswoche in Verbindung setze.“

Was blieb mir anderes übrig. Ich musste ihr

Papas Handynummer geben. Rein zufällig irrte ich mich an einer Stelle. Am Ende nannte ich die Drei und es war in Wirklichkeit die Sieben. Sie würde ihn eine ganze Weile nicht erreichen und ich gewann Zeit.

Ufff!

In der großen Pause geschah dann das Wunder: Ich hatte eine Erleuchtung. Oder besser gesagt, einen Zusammenstoß.

Alexa unter dem Schleier

Mein Zusammenstoß war mit Alex. Er ist Lothars bester Freund. Ich habe einmal belauscht, wie einige Lehrer die zwei „Dumm + Dümmer“ nannten.

Alex rammte mich, als ich gerade in einen Apfel biss. Ich stolperte nach vorn und der Apfel fiel zu Boden. Als ich mich wütend umdrehte, hob Alex entschuldigend die Arme. Er bewegte sie mechanisch wie ein Roboter.

Lothar lief neben ihm und hielt eine Fernseher-Fernbedienung in der Hand. Er richtete sie auf Alex und drückte eine Taste. Sofort streckte Alex einen Fuß in meine Richtung. Als Lothar einen anderen Knopf wählte, sagte Alex schnarrend: „Verzeihung. Aber ich kann nichts dafür. Lothar steuert mich.“

Entschuldigend schwenkte Lothar die längliche Fernbedienung. „Tut mir leid, aber meine Alex-Fernsteuerung ist noch nicht ganz ausge-

Dumm + Dümmer – schlimmer geht's nimmer

reift. Ich krieg das hin. Verlass dich drauf." Er hämmerte auf andere Tasten, woraufhin Alex sich abwandte und mit schnellen Schritten wegging.

„Zurück!", rief Lothar und hielt die Fernbedienung hoch über den Kopf, damit der Strahl auch wirklich Alex traf.

Die Wirkung war imposant. Alex blieb mit einem Ruck stehen, wirbelte herum und eilte im Laufschritt auf Lothar zu. Verzweifelt wie ein verrückter Professor, dem seine Erfindung außer Kontrolle geraten war, tastete dieser auf der Fernbedienung herum.

Alex' Arme waren nach vorn gestreckt, als hielte er ein breites Paket zwischen den Händen. Er brachte sie auf die Höhe von Lothars Kopf. Dann begann er sie nach links und rechts zu schwingen und ihm eine Ohrfeige nach der anderen zu versetzen.

„Aufhören!", schimpfte Lothar und tauchte nach unten ab. Daraufhin suchte sich Alex ein neues Opfer und diesmal steuerte er auf Vanessa zu. Das aber hätte er besser nicht tun sollen.

Vanessa kann Karate. Sie hat den violetten Gürtel. Als er seinen Ohrfeigen-Wackelkontakt auch an ihr ausprobieren wollte, packte sie ihn am Arm und an der Schulter und beförderte ihn mit einem schwungvollen Wurf zu Boden.

Selbst auf dem Rücken liegend wie ein Käfer, spielte Alex die Rolle weiter. Eine Hand von ihm zuckte, als hätte er eine Störung. Dazu sagte er mit verstellter Stimme: „Warnung. Lose Kabel. Außer Kontrolle."

Er sprang auf die Beine, brüllte wie ein Monster – was ihm nicht schwerfällt, denn er sieht auch normalerweise wie eines aus – und machte nun Jagd auf Bix.

Zuerst flüchtete sie quiekend. Dann aber drehte sie sich um und streckte ihm die Faust entgegen. Alex schaffte es gerade noch, einen halben Zentimeter davor zu bremsen, sonst wäre seine Nase platt gewesen.

Ich rief Lothar zu: „He, wenn du noch eine Mechanikerin für dein Alex-Modell brauchst, nimm Bix.“

Das fanden die Jungs witzig. Als es klingelte, liefen sie lachend zurück in die Klasse.

Da hatte ich meine Idee. Ich wusste, was ich brauchte. Und alle Vorschläge, die ich bekommen hatte, waren nützlich.

Am Nachmittag trafen wir uns bei Bix.

Das Haus der Talers muss man sich wie einen Turm vorstellen: In jedem Stockwerk gibt’s ein oder zwei Zimmer und sie sind alle verbunden durch die steilste Treppe, die ich je gesehen habe.

Bix wohnt im obersten Stock. Wir hatten uns zuerst bei ihr in der Küche Popcorn gemacht. Rund um die große Schüssel saßen wir dann auf ihrem Bett, umgeben von ihren vielen Kuscheltieren, von denen sie sich niemals trennen wollte.

„Was hast du vor?“, wollte Vanessa wissen. In der Schule hatte ich ihnen meine Idee nur angekündigt. Da aber ständig jemand in der Nähe war, der uns belauschen konnte, wollte ich nicht mehr verraten.

„Ich wünsche mir eine Lehrer-Fernbedienung!“, begann ich.

Ratloses Schweigen von Bix und Vanessa.

Also fuhr ich fort. „Ich möchte eine Fernbedienung, mit der ich Frau Boran-Bartenklein steuern kann. So wie das Lothar mit Alex heute vorgespielt hat.“

Noch immer verstanden die anderen zwei nicht, was ich meinte. Sie waren manchmal wirklich etwas langsam beim Denken.

„Willst du sie etwa fernsteuern, damit sie auf Frau Löblich zugeht und sie ohrfeigt?“, fragte Vanessa.

Bix wurde gleich ganz aufgeregt. „Wenn man dich erwischt, kriegst du wirklich Ärger. Tu das nicht.“

Geduldig erklärte ich weiter. „Wenn es nicht möglich ist, Englischvokabeln in meinen Kopf zu zaubern oder Frau Boran-Bartenklein zu verhexen, damit sie mir eine Spitzennote gibt, hilft nur die Fernbedienung. Ich werde Spickzettel schreiben. Die besten Spickzettel, die diese Schule je gesehen hat."

Bix deutete stolz mit dem Daumen auf sich. „Meine Idee. Habe ich dir geraten."

„Damit mich Frau Boran-Bartenklein beim Spicken jedoch nicht erwischt, werde ich sie mit der Fernbedienung steuern. Wenn sie sich zu mir drehen will, stoppe ich das mit einem Knopfdruck. Möchte sie zu meinem Platz kommen, schicke ich sie in die entgegengesetzte Richtung. Auf diese Weise kann ich ungesehen spicken und werde bestehen."

Vanessa nickte beeindruckt. „Klingt nicht übel. Aber was ist mit deiner Prüfung an der Tafel? Wie willst du die Fernbedienung da einsetzen?"

Das hatte ich mir auch schon überlegt. „Sie muss Tasten haben, mit denen ich Frau Boran-Bartenklein ganz bestimmte Fragen stellen lassen kann. Ich lerne einfach zehn Vokabeln und genau diese muss sie mich prüfen. Ein Tastendruck genügt. Die Fernbedienung sollte aber klein genug sein, damit ich sie in die Hosentasche stecken kann."

„Das ist nobelpreisverdächtig", bewunderte mich Bix.

„Alexa muss mir den Wunsch nur noch erfüllen."

Da unsere Mütter an diesem Nachmittag unterwegs waren, konnten wir zum Rathaus, ohne vorher einem Verhör unterzogen zu werden.

Wir nehmen immer drei verschiedene Wege, damit uns niemand gemeinsam hingehen sieht. Sicher ist sicher.

Im Keller trafen wir uns wieder vor der Backsteinwand.

Sie löste sich wie üblich auf. Aber die Tür war abgesperrt. Ich klopfte.

Von drinnen kam die Stimme der heiseren Alexa.

„Wer ist da?"

Wir sahen einander überrascht an. Was sollte diese Frage? Wer außer uns kam in dieses Gewölbe?

„Wir sind's!", sagte ich locker.

„Wer ‚wir'?"

„Krissi, Bix und Vanessa."

„Was wollt ihr?"

„Ich weiß jetzt, was ich brauche. Ich habe eine Idee, die mich retten kann. Du erinnerst dich, es geht um meine Englischnote."

„Ach ja. Natürlich!" Auf einmal war Alexa auffallend interessiert und freundlich. „Komm ruhig herein!"

Die violette Tür schwenkte von allein nach innen auf. Wir steuerten darauf zu. Da fiel sie sofort wieder ins Schloss.

„Nur du. Die anderen warten draußen."

Das war neu.

„Wieso?", wollte Vanessa empört wissen.

Bix schmollte. „Das ist wirklich unfair. Wir sind Freundinnen und sonst setzt du doch auch immer uns drei ein."

„Ich bin krank. Hört ihr doch. Habe Kröten-Keuchhusten. Brauche nicht noch mehr Bakterien hier drin. Was eine von euch hereinbringt, reicht mir schon."

Vanessa gab sich mit der Erklärung zufrieden. „Geh", sagte sie zu mir.

Ich drückte die Klinke nieder, trat ein und spürte, wie die Tür von allein zuschlug.

Wieder war keine Alexa zu sehen.

„Wo steckst du?“, fragte ich.

„Besser, du siehst mich nicht. Meine Augen sind groß wie Tennisbälle und poppen fast aus dem Kopf, weil ich so huste“, krächzte Alexa.

Hinter dem Sessel bewegte sich ein Schatten.

Außerdem machte der Deckel eines Gefäßes ganz schön Krach. Er klapperte und schepperte ziemlich laut. Ein Schnaufen folgte und dann trat wieder Ruhe ein.

Als Alexa weiterredete, hörte es sich an, als würde sie gleichzeitig eine anstrengende Kraftübung machen.

„Was willst du? Rede!“

Ich hatte ihr, um sie milde zu stimmen, drei Familienpackungen Knoblauchchips gebracht.

„Für dich!“, sagte ich lockend.

„Hinlegen.“

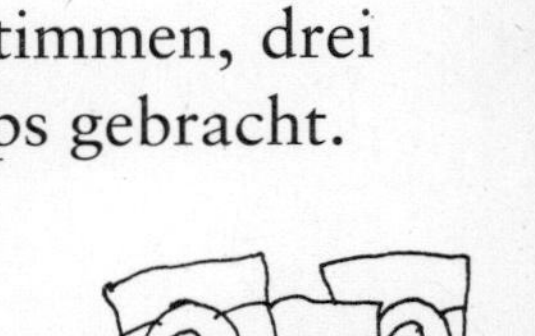

Gehorsam legte ich die Packungen auf den Steinboden.

„Meine Idee. Kann ich sie dir sagen?“

„Raus damit!“

Ich begann ihr von der Lehrer-Fernbedienung

zu erzählen und welche Wirkung sie auf meine Englischlehrerin haben sollte.

„Kein Problem“, sagte Alexa, als ich fertig war und tief durchatmete.

Das klang sehr gut.

„Geh heim und nimm morgen einfach die Fernbedienung eures Fernsehers. Welche Knöpfe die richtigen sind, musst du ausprobieren. Am besten an einem anderen Lehrer.“

Das klang noch besser.

„Kostet aber drei Haare.“

„Was?“

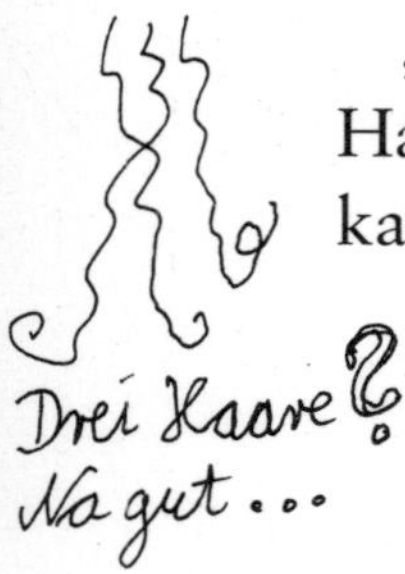

„Kostet drei Haare. Du musst dir drei Haare ausreißen und sie hierlassen. Sonst kann ich deinen Wunsch nicht erfüllen.“

Wenn es weiter nichts war. Ich verstand den Sinn zwar nicht, wollte aber nicht lange mit Alexa diskutieren. Ich zupfte mir drei blonde Haare aus und legte sie neben die Chipspackungen.

„Sonst noch was?“

„Ja, verschwinde.“

Jetzt war Alexa wieder so, wie wir sie kannten. Ich verabschiedete mich und sagte: „Danke für deine Hilfe.“

Hinter dem Sessel wurde nur gegrummelt.

Außerdem klapperte wieder der Deckel. Ein ganz seltsamer Schrei hallte durch das Gewölbe. Er riss schnell wieder ab.

„Was war das?“, fragte ich.

Krächzend kam ein gepresstes „Nichts“.

„Brauchst du nicht doch ...?“ Ich machte ein paar Schritte auf den Sessel zu. Als ich nahe genug war, erkannte ich Alexa. Sie hatte eine Art Schleier über sich geworfen, der bis zum Boden reichte und sie verdeckte. Die Pfoten drückte sie fest auf eine Keramikdose mit dickem Deckel. Was auch immer die Dose enthielt, es wollte mit aller Macht herauskommen, während Alexa dies zu verhindern versuchte.

„Abmarsch, habe ich gesagt!“, kam es schrill und heiser unter dem Schleier hervor.

Also ging ich. Auf meiner Stirn drehte sich ein großes Fragezeichen.

Wie soll das weitergehen?

Meine Brüder sind schwer in Ordnung. Besonders mag ich Antonius, der jünger ist als Caesar.

Antonius ist so lustig und bringt mich oft zum Lachen.

Sein neues Hobby ist das Nachahmen von Stimmen. Er kann sprechen wie Politiker, aber auch verschiedene Dialekte und Akzente. Außerdem kann er seine Stimme sehr tief und sehr hoch klingen lassen.

Es war kurz vor dem Abendessen. Paps war noch nicht zu Hause und deshalb wollte Mam noch warten.

Antonius war mit dem Telefon oben in seinem Zimmer, weil er seit mindestens zwei Stunden mit einem Freund über Mathe-Hausaufgaben sprach.

Da ich sein Zimmer so gemütlich finde, lag ich auf seinem Sofa und schrieb dort meinen

Deutschaufsatz. Thema: *Ein Problem und wie ich es lösen kann.*

In Deutschaufsätzen schreibe ich niemals die Wahrheit. Deshalb erwähnte ich auch nichts von den Englisch-Problemen, sondern erfand etwas über meinen Hund, der zu dick sei und deshalb Fitnesstraining und Diät brauchte.

Als Antonius endlich aufgelegt hatte, klingelte das Telefon schon wieder.

„Das ist sicher noch einmal Oliver“, ächzte er und hob ab. Mit einer hohen Fistelstimme säuselte er: „Städtische Kläranlage, Klara Trümmerchen am Apparat, was kann ich für Sie tun?“

Er lauschte und schluckte. Schnell sagte er dann: „Äh ... falsch verbunden.“ Antonius drückte die Taste zum Auflegen, grinste mich an und warf den Kopf nach hinten.

„Was war?“, fragte ich.

„Es war irgendeine Frau. Sie wollte mit Papa sprechen.“

Das Telefon klingelte erneut. Antonius räusperte sich, nahm das Gespräch an und sagte diesmal mit tiefer Bruststimme: „Blutbank Ro-

Haha aufhören!

senrot, guten Abend, Sie sprechen mit Eberhart Sauger."

Um nicht loszulachen und sich zu verraten, biss er sich auf die Unterlippe. „Welche Nummer haben Sie gewählt?", fragte er weiter mit der tiefen, verstellten Stimme. Nach einer Pause sagte er: „Das ist die Blutbank. Welche Blutgruppe haben Sie? Möchten Sie spenden kommen oder sollen wir Ihnen einen Vampir vorbeischicken?"

Blutgruppe-Vampir-vorbeischicken Das ist gut!

Er nahm den Hörer vom Ohr und sah ihn grinsend an. „Hat aufgelegt."

Aber schon klingelte es zum dritten Mal. Diesmal meldete er sich mit: „Gerti Wiesenblum, bist du es, Otto? Kommst du endlich, Schätzchen?"

Die Anruferin beendete das Telefonat.

Antonius sprang auf und tanzte mit dem Apparat in der Hand durch das Zimmer. Ich kugelte lachend auf seinem Sofa herum.

Von unten rief Mam, dass das Essen fertig sei. Wir versammelten uns in der Küche. Auch Paps war mittlerweile eingetroffen. Es gab leckere Blätterteigpizza, die ich besonders gerne habe.

Mam verteilte die rechteckigen Stücke auf unsere Teller.

„Wer hat da vorhin dreimal hintereinander angerufen?“, wollte sie wissen.

Antonius verschluckte sich fast an seiner Pizza. „Äh … das war für Papa. Eine Frau.“

Paps schaute ihn an, als hätte er gesagt, es sei der Sheriff gewesen, der ihn verhaften wollte.

Mam ließ die Küchenschaufel sinken und das Pizzastück stürzte zurück auf das Backblech.

„Wie heißt sie?“, forschte Mam nach.

„Hat sie nicht gesagt. Sie hat …“ Antonius stockte kurz. Er wollte wohl nicht zugeben, dass er die Frau ziemlich veräppelt hatte. „Äh, tja, also …, sie hat aufgelegt.“

Das war nicht die Unwahrheit.

Mam funkelte Paps mit halb zusammengekniffenen Augen an. Er bekam einen roten Kopf und säbelte an seiner Pizza herum. Den Rest des Abendessens redeten die zwei kein Wort mehr miteinander.

Später, als sie dachten, wir Kinder seien in unseren Zimmern, lauschte ich an der Treppe. Sie hatten die Tür zum Wohnzimmer geschlos-

sen, aber ich hörte sie trotzdem. Mam hatte ihren Kobra-Ton. Den bekommt sie sehr selten und auch nur, wenn sie wirklich wütend ist. Ich nenne ihn den Kobra-Ton, weil sie sich dann anhört wie eine gereizte Kobra kurz vor dem Zubeißen.

„Ruft sie dich jetzt schon hier an? Das ist richtig unverschämt!“

„Britt, ich bitte dich. Du redest dir da etwas ein, was nicht stimmt.“

„Dann erkläre mir bitte, wieso du neuerdings Zettel in deinen Sakkos hast, auf denen in Frauenhandschrift steht: *Komm um neun. – Treffen bei mir. – Habe nachher Zeit.*“

Auweia. Mam verdächtigte Paps, eine Freundin zu haben.

Das war mir nicht einerlei. So etwas führte oft zur Scheidung. Dann musste ich mir überlegen, bei wem ich leben wollte. Und wer würde das Haus behalten? Und würden unsere beiden Katzen aufgeteilt werden, eine zu Mam und eine zu Paps oder wie? Und Amadeus?

„Ich werde dir das erklären, aber nicht heute Abend“, sagte Paps sehr energisch.

„Oscar, es reicht mir wirklich."

Mam stürmte aus dem Wohnzimmer und knallte die Tür hinter sich zu. So wild hatte ich sie noch nie erlebt. Ich flüchtete in mein Zimmer, um ihr nicht in die Quere zu kommen.

Eine ganze Weile kauerte ich mit angezogenen Knien auf meinem Bett. Die Arme hatte ich um die Beine geschlungen. Wenn ich so dasaß, beruhigte mich das meistens.

An diesem Abend nicht.

Wie sollte das weitergehen?

Im Haus war es ziemlich still. Bevor ich ins Bett ging, schlich ich noch nach unten. Paps saß in dem kleinen Zimmer neben dem Wohnzimmer, wo er und Mam einen Schreibtisch und einen Computer haben.

Er telefonierte mit dem Handy.

„... ja, ich muss es ihr bald sagen."

In meinem Kopf schrillten sämtliche Alarmglocken. *Was* wollte er Mam sagen? Dass er sich von ihr trennen wollte? War es wahr, was Mam vermutete?

Hatte ich vielleicht Herzklopfen. Meine Hände und meine Fußsohlen waren feucht. Ich holte schnell die Fernbedienung des Fernsehers aus dem Wohnzimmer und brachte sie nach oben in mein Zimmer.

Ich musste noch eine Nachricht an Bix schicken. Leider darf sie kein Handy haben, deshalb schrieb ich eine Geheimbotschaft.

Geheimbotschaft Nr. 4, vorn im Umschlag

Den Zettel drücke ich immer zu einem kleinen Ball, den ich mit dünnem Draht umwickle. Ich biege einen Bügel und hänge das Ganze an den dicken Draht zwischen unseren Fenstern. Wenn ich dessen Ende anhebe, rutscht das Briefchen hinüber zu Bix. Ich muss dann nur an einem zweiten Draht ziehen, der eine Glocke bei ihr bimmeln lässt. So weiß sie, dass ich etwas geschickt habe.

Eine halbe Minute, nachdem sie meine Nachricht erhalten hatte, war sie am Fenster. Sie hatte Licht in ihrem Zimmer gemacht und verdeutlichte mir mit den Händen und Grimassen, dass sie keine Ahnung hatte, was ich meinte.

Schnell kritzelte ich das Wichtigste auf den nächsten Zettel und ließ ihn zu ihr gleiten. Bix las ihn am offenen Fenster. Ihre Antwort kam schriftlich.

Geheimbotschaft Nr. 5, vorn im Umschlag

Ob das etwas nützte?

Fernbediente Lehrer

Beste Freundinnen sind wirklich wunderbar. Wenn ich Kummer habe, sind sie an meiner Seite und beruhigen und trösten mich.

Beste Freundinnen können aber auch sehr nerven. Wenn ich Kummer habe, kleben sie an mir und machen mich wahnsinnig.

Bix bekommt diese Anfälle von „du armes, armes Häschen“. Sie will mich dann andauern drücken und klopft mir auf den Rücken, als wäre ich eine Trommel.

Vanessa ist anders, aber regt mich nicht weniger auf. Sie sieht mich die ganze Zeit nachdenklich an, legt den Kopf schief, richtet ihn wieder auf und sagt: „Ganz oft hilft es, der Angst ins Auge zu blicken. Sprich mit deinen Eltern.“

Die eine trommelte, die andere gab gute Ratschläge und ich stand dazwischen und fühlte mich wie der klebrige Käse im warmen Sandwich.

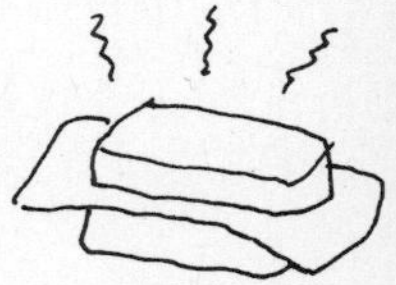

Der einzige Lichtblick war die Fernbedienung in meiner Jackentasche. Hielt Alexa Wort? Würde ich damit wirklich unsere Lehrer steuern können wie einen Fernseher?

In der ersten Stunde hatten wir Physik. Das unterrichtet bei uns Herr Dösenberg, Spitzname Düsentrieb. Er beginnt jede Stunde damit, sich die Hemdsärmel aufzukrempeln und mit beiden Händen seine widerspenstigen Haare niederzudrücken.

Dieses Fach findet in unserer Schule im Physiksaal statt. Die Pulte stehen auf aufsteigenden Stufen, damit alle den gekachelten Tisch vor der Tafel und die Experimente darauf gut sehen können.

„Heute nehmen wir den Luftdruck und das Vakuum durch", rief Herr Dösenberg. Auf dem Tisch hatte er schon einiges aufgebaut: eine Art Motor mit langem Schlauch, eine Glasglocke, einen aufgeblasenen Luftballon, einen Schokokuss, eine Zeitung und ein Lineal.

Wozu brauchte er das alles?

Herr Dösenberg legte den Schokokuss unter

Unser „Düsentrieb"

die Glasglocke und schloss den Schlauch an einem Ventil unter dem Gummiteller an, auf dem die Glasglocke stand. Der Motor war eine Pumpe, mit der er die Luft aus der Glocke saugte.

Wir staunten nicht schlecht, als der Schokokuss zu wachsen begann. Die Glasur brach auf und der weiße Eischnee quoll heraus wie Rasierschaum aus der Dose.

Riesig

Vor mir lag die Fernbedienung. Ich warf einen Blick darauf: Da gab es Tasten mit den Ziffern null bis neun, außerdem Tasten für den Videorekorder – *Play*,

Stopp, *Schneller Vorlauf*, *Schneller Rücklauf* – und die Tasten für die Lautstärke, für *Stumm* und den roten Knopf für *Ein/Aus*. In der Mitte war zudem eine *O.K.*-Taste und in der Nähe ein Knopf mit der Aufschrift *Ideal*.

Womit sollte ich beginnen?

Bix und Vanessa saßen links und rechts von mir. Neugierig guckten sie zur Fernbedienung und zu meinem Finger, der über den Tasten kreiste.

Ich beschloss, zu Beginn etwas zu wählen, was keinen Schaden anrichten konnte, falls es tatsächlich funktionierte.

An der Tafel trug Herr Dösenberg vor, dass die Luft im Schokokuss sich ausdehnen konnte, da er die Luft unter der Glaskuppel abgesaugt hatte. „Wir haben gesehen, wie viel Lu…"

Er bewegte zwar weiterhin die Lippen, aber zu hören war nichts. Es dauerte ein bisschen, dann fiel es ihm erst auf. Verwundert schielte er zu seinem Mund. Er schloss ihn, räusperte sich – allerdings auch unhörbar – und setzte dann erneut an.

Doch er bekam noch immer kein Wort heraus.

Im Physiksaal wurde getuschelt.

„Vielleicht hat er seine Stimme auch abgesaugt“, witzelte Lothar. Leise fügte er hinzu: „Es könnte auch sein Hirn erwischt haben.“ Dafür erntete er Gelächter.

Niemand ahnte, dass ich unseren Physiklehrer steuerte. Ich hatte die *Stumm*-Taste gedrückt. Und es klappte!

Um ihn weitersprechen zu lassen, drückte ich sie erneut.

„… beim Kuckuck, meine verdammte Sti…“, schallte es durch den Saal. Herr Dösenberg griff sich an den Kehlkopf und grinste verlegen. Er hatte nicht damit gerechnet, seine Stimme so schnell wiederzubekommen.

Was gerade geschehen war, konnte kein Zufall sein. Davon war ich überzeugt. Trotzdem wollte ich noch ein paar Tests starten. Während der Lehrer weiterredete, presste ich den Finger auf die *Lautstärke*-Taste.

„… DOCH WAS WIRD DER LUFTBALLON IM VAKUUM TUN?“, brüllte Herr Dösenberg. Die Gegenstände vor ihm auf dem Tisch hüpften, so laut war er. Bix presste die Hände auf die Ohren und Vanessa verzog das Gesicht, als hätte sie Zahnschmerzen.

Schnell drehte ich den Lehrer leise, bis er nur noch flüsterte.

„Was hat er gesagt?“, wollte Vanessa wissen. Sie beugte sich vor, um Herrn Dösenberg besser verstehen zu können.

Er tat übrigens so, als wäre alles ganz normal, und überspielte die Vorfälle. Nun legte er das Holzlineal auf die Tischkante. Ein Teil ragte darüber hinaus. Über den anderen Teil auf dem Tisch breitete er die Zeitung aus. Mit der Handkante holte er aus und schlug zu wie ein Karatekämpfer.

Das Lineal brach.

Danach aber sprang der abgebrochene Teil wieder vom Boden nach oben und an den Rest dran. Herrn Dösenbergs Hand sauste über seinen Kopf, dann nahm er sie wieder nach unten und räumte die Zeitung und das Lineal weg, alles im Rückwärtsgang.

Es war nicht schwer zu erraten, was ich in diesem Moment tat.

Nach der Rücklauf-Taste kam die Vorlauf-Taste dran. Schon lagen die Zeitung und das Lineal wieder bereit und er schlug es zum zweiten Mal entzwei. Als er zur Erklärung ansetzte, kam aus seinem Mund nur Comic-Gequake.

Dieses hohe, schrille Brabbeln wie in Zeichentrickfilmen. Außerdem bewegte sich unser Lehrer, als hätte ihm jemand Ameisen unter das Hemd gesteckt.

Kein Wunder, er tat alles in vierfacher Geschwindigkeit.

Ich entdeckte die Pfeiltasten auf der Fernbedienung. Ob sie auch etwas bewirkten?

Pfeil nach oben: Lehrer marschiert voran.

Pfeil nach links: Er schwenkt nach links.

Pfeil nach rechts: Er geht nach rechts.

Pfeil nach unten: Er kommt zu mir.

Stopp-Taste: Er bleibt stehen, als hätte ihm jemand den Strom abgedreht.

Besser ging es gar nicht. Ich war restlos begeistert.

Um ihn zu erlösen, drückte ich die grüne *Play*-Taste.

Ein völlig verwirrter Herr Dösenberg klammerte sich an den Experimentiertisch und gab uns für den Rest der Stunde frei. Er verschwand schnurstracks in seiner kleinen Kammer neben der Tafel, in der er die Experimente für die Physikstunden vorbereitete.

Natürlich redeten alle nur davon, was in ihn

gefahren war. Die meisten hielten es für einen Scherz – zum Glück.

Bix blickte bewundernd auf die Lehrer-Fernbedienung.

Vanessa kratzte sich am Ohr. „Wie funktioniert die?“, fragte sie sich halblaut.

Es musste Zauberei sein. Was sonst. Alexa hatte übernatürliche Kräfte und die Fernbedienung war sicherlich ihr Meisterstück.

In der dritten Stunde hatten wir Englisch. So, Frau Boran-Bartenklein, dachte ich, jetzt werden wir ein bisschen Spaß mit Ihnen haben.

Als die Lehrerin mit diesem Du-bist-mein-Opfer-Glitzern in den Augen auf mich zukam, drückte ich unter der Bank die rechte Pfeiltaste der Fernbedienung. Ich wollte sie zur Seite steuern, damit sie sich dort jemanden suchte, den sie Vokabeln abfragen konnte.

Ich drückte.

Und drückte.

Und drückte.

Mein Finger tat schon weh. Der Knopf hinterließ einen tiefen Abdruck.

Aber er zeigte nicht mal die geringste Wirkung.

„Krissi, du sagst uns jetzt bitte, wie die Vergangenheit von *gehen* lautet!“, verlangte sie von mir.

„*God*“, entschlüpfte es mir.

„*God*? *God* ist auf Englisch *Gott*“, sagte Frau Boran-Bartenklein geduldig.

Gut, sie hatte also nicht kapiert, dass ich dachte, *god* wäre die Vergangenheit von *go*.

Aus dem Mundwinkel raunte Vanessa mir zu: *„Went. Went. Went.“*

Ich erinnerte mich. Das Wort klang völlig anders als *go*. *Went* war sicher richtig. Also wiederholte ich es.

Frau Boran-Bartenklein seufzte. „Echt gutes Teamwork, Vanessa und Krissi. Aber du solltest es allein wissen, Krissi.“ Danach ließ sie mich wenigstens in Frieden.

Ich unternahm noch zwei Versuche, sie mit der Fernbedienung zu steuern. Keiner klappte. Auch bei anderen Lehrern blieb sie ohne Wirkung. Dabei hatte sie in Physik funktioniert.

Ich musste zu Alexa.

Zehn Haare

Begleiten konnte mich diesmal keine meiner Freundinnen. Vanessa war im Karatetraining und Bix in der Theatergruppe. Also ging ich allein zu Alexa.

Diesmal schien sie wirklich nicht da zu sein. Ich rief und rief, aber sie gab kein Lebenszeichen von sich, noch nicht einmal ein heiseres Krächzen.

Ich machte mir große Sorgen um die Kröte. Sie musste wirklich sehr krank sein. Auf dem Boden lagen die Knoblauchchipstüten, die ich ihr am Tag zuvor gebracht hatte. Sie waren unberührt. Nur meine drei Haare waren fort, aber die könnte auch ein Luftzug weggeweht haben.

Wenn Alexa keine Chips aß, stimmte etwas nicht mit ihr. Ihre seltsame Stimme hatte schon darauf hingedeutet. War es eine ernste Erkältung? Oder sogar eine Lungenentzündung? Ein Großonkel von mir war daran gestorben.

Noch einmal rief ich ihren Namen. Es ist schon ein paarmal vorgekommen, dass Alexa tief und fest geschlafen hat. Wenn wir sie dabei ertappten, wurde sie ziemlich sauer.

Es kam kein Ton von ihr. Langsam begann ich weiter in das Gewölbe vorzudringen und nach ihr zu suchen. Ich machte aber wirklich nur Schritt für Schritt und blickte ständig nach allen Seiten und sogar unter die Regale und Stühle.

Ich entdeckte ein Buch. Es war aufgeschlagen und lag verkehrt herum auf dem Boden, als wollte Alexa eine bestimmte Seite wiederfinden. Bisher hatte ich sie noch nie in diesem Buch lesen sehen. Der Einband war aus schwarzem Fell. Auf dem Deckel glühte ein fünfzackiger Stern, seine Spitze zeigte nach unten. Als ich mich bückte, stieg mir ein ekeliger Geruch in die Nase.

Faule Eier! Widerlich. Igitt!

Mit spitzen Fingern hob ich das Buch auf und drehte es um, damit ich lesen konnte, was auf den Seiten stand.

Das Papier war ebenfalls schwarz, die Schrift ein dunkles Rot. Die Blockbuchstaben endeten unten alle in Tropfenform, als wären sie mit Blut geschrieben worden.

Auf der linken Seite war eine Zeichnung von einem Wesen mit gedrungenem Körper, gedrehten Hörnern, breitem Maul und verkniffenen Augen. Es grinste verschlagen.

Die Schrift war kaum zu entziffern und jeder Buchstabe ein Gekrakel aus verschlungenen Strichen. Die wenigen

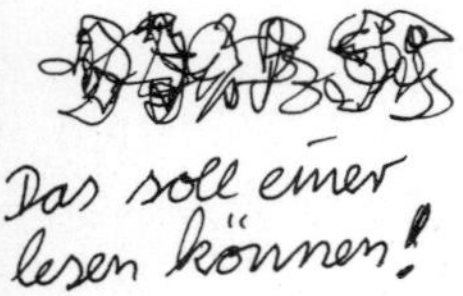

Wörter, die ich lesen konnte, ergaben für mich keinen Sinn. Sie waren in einer fremden Sprache, klangen aber irgendwie feierlich und gleichzeitig drohend.

Daemonus stand da.

Und *Diabolus*.

Diabolus hatte ich schon einmal gehört. Hatte das nicht etwas mit dem Teufel zu tun?

Ein Schauer kroch mir über den Rücken und langsam den Nacken hinauf bis zu den feinen Härchen. Die sträubten sich.

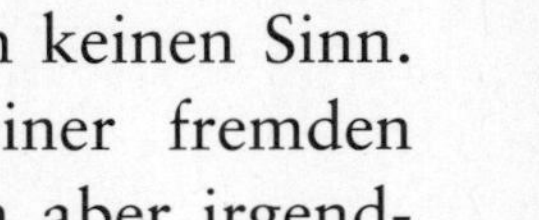

Was hatte das zu bedeuten? Seit wann beschäftigte sich die Kröte mit solchen dunklen Wesen?

„Leg das hin!", fauchte es hinter mir.

Ich ließ das Buch sofort fallen und drehte mich um.

Alexa war doch daheim. Sie guckte aus einer Truhe und hatte diesmal einen grauen Schleier übergeworfen. Ich schnupperte probeweise an meinen Fingern, um festzustellen, ob sie vielleicht nach Schwefel stanken. Zum Glück taten sie das nicht.

„Du neugierige Rotznase", schimpfte Alexa mit mir. „Lass deine Drecksfinger von meinen Sachen."

„Äh ... wieso ... was liest du da?", wollte ich wissen.

„Von zu viel Neugier bekommt man schiefe Nasen und Triefaugen!", lautete ihre bissige Antwort.

Auf beides hatte ich keine Lust.

„Wieso schleichst du hier herein? Wolltest du was stehlen?"

„Nein!" Das war wirklich eine gemeine Unterstellung.

„Dann verschwinde wieder."

„Die Fernbedienung hat nur kurz funktioniert. Bei meiner Englischlehrerin dann nicht mehr", erzählte ich schnell.

„Du möchtest sie also haben? Du willst, dass sie auch diese Lehrerin lenkt, was?“

Ich nickte. Genau das war mein Wunsch.

„Das kostet zehn Haare.“

„Zehn Haare?“ Ich verstand nicht ganz.

„Reiß dir zehn Haare aus und leg sie auf den Boden. Dann zieh Leine. Ab morgen kannst du deine Lehrerin lenken.“

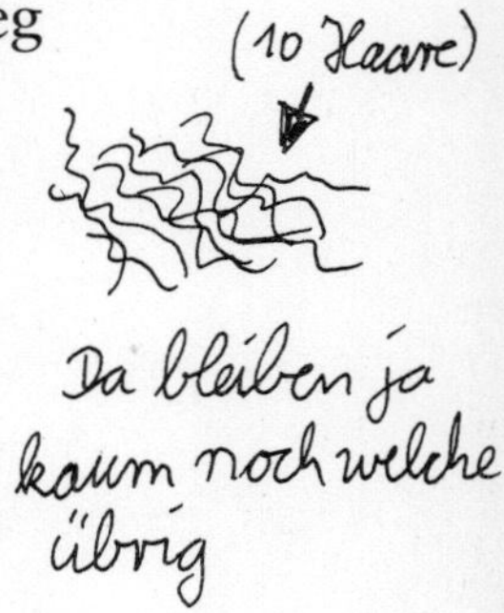

„Mehr muss ich nicht machen?“

„Zehn Haare. Aber flott.“

„Wieso Haare? Was tust du denn damit?“

„Frag nicht, sonst faulen deine Zähne und du bekommst Schmerzen, die dich durch die Zimmerdecke hüpfen lassen.“

Schon zupfte ich an meinem Kopf herum und legte dann zehn Haare vor mich hin.

Ein seltsamer Laut ertönte. Er klang dumpf. Ich konnte aber nicht mehr hören, da Alexa lauthals zu singen begann. Tief und krächzend schmetterte sie ein Lied über zehn Ziegenböcke, die im Stall stehen und stinken.

Ich musste mich dringend mit den anderen beratschlagen, was wir unternehmen sollten. Alexa war nicht mehr die Alte. Sie brauchte unsere Hilfe.

Unter dem Schleier bedeutete sie mir mit der Pfote, endlich zu verschwinden. Diesen Gefallen tat ich ihr. Hauptsache, die Fernbedienung funktionierte. Alles andere würde ich auch noch regeln.

Mam ist normalerweise schwer in Ordnung. Meistens ist sie zu mir wie eine große Schwester. Ich meine damit eine kumpelhafte Schwester, nicht so eine Zicke wie Vanessas große Schwester Susanna.

An diesem Nachmittag aber hatte sie irrsinnig schlechte Laune! Wenn es ein Punktesystem für schlechte Laune gäbe, hätte Mam bestimmt dreihundert von hundert Punkten bekommen. Ich finde, dass Erwachsene, wenn sie mies drauf sind, am besten einen Dauerlauf machen sollten. Auf jeden Fall sollten sie sich von ihren Kindern fernhalten, damit diese nicht von ihrer Wut getroffen werden, obwohl sie nichts dafür können.

Bei mir hat ein einziges Wort genügt und Mam wurde zum Vulkan. Ich war danach bis zum Hals unter Lava und Asche verschüttet. Als

ich vom Rathaus nach Hause kam, war Mam

schon mit dem Vorbereiten des Abendessens beschäftigt. Ich grüßte und fragte: „Was gibt es denn heute?“

„Spaghetti und Salat“, antwortete sie.

„Ach“, sagte ich.

Schon ging es los. Sie schlug mit dem Schöpflöffel auf das Schneidebrett ein und schrie dazu: „Macht doch euren Mist selbst, wenn niemandem recht ist, was ich koche. Soll sich doch Oscar an den Herd stellen. Dafür wird er eben früher aus dem Büro nach Hause kommen müssen. Tja, dann hat er wohl keine Zeit mehr für seine neue Sekretärin.“

Ah, daher wehte der Wind. Paps hatte eine neue Sekretärin und Mam dachte, er hätte ein Techtelmechtel mit ihr. Himmel und Hölle, das ist schlimmer als in der kitschigsten Serie, die ich mir regelmäßig ansehe.

Mam deutete mit der Schöpfkelle auf mich. „Du lernst auch nur, wenn er dir pinkfarbene Schuhe verspricht. Dabei weißt du, wie sehr ich Pink ablehne, da es aus Mädchen Puppen macht.

Das ist ein Rückschritt in der Gleichberechtigung. Aber meine Meinung interessiert hier ja keinen."

Ich wagte es, noch ein Wort zu sagen. Es lautete: „Aber ..."

Mehr brauchte ich nicht zu tun. Diesmal wurde der Schöpflöffel zu so einer Kelle, wie sie die Polizisten auf Kreuzungen verwenden. Mam deutete nach oben. „Geh in dein Zimmer und lerne! Es gibt keine pinkfarbenen Schuhe. Trotzdem erwarte ich von dir eine bessere Englischnote, hast du verstanden?"

Frau weiß, wann es besser ist, einfach nachzugeben und abzuziehen. Das war so ein Fall und deshalb trat ich den Rückzug an.

Von meinem Zimmer aus schickte ich sofort eine Botschaft an Bix. Und vom Flur aus eine an Vanessa. Beide lauteten gleich.

Geheimbotschaft Nr. 6, vorn im Umschlag

Bix' Antwort war unverschlüsselt: Armes Häschen! Armes, armes Häschen!

Vielen Dank, aber das nützte mir gar nichts.

Doch von Vanessa kam ein brauchbarer Rat. Sie verschlüsselte ihn.

Geheimbotschaft Nr. 7, vorn im Umschlag

Diese Idee war typisch für Vanessa. Sie hat da etwas in ihrem Kopf, das ihre Gedanken richtig scharf werden lässt. Scharf wie ein Messer.

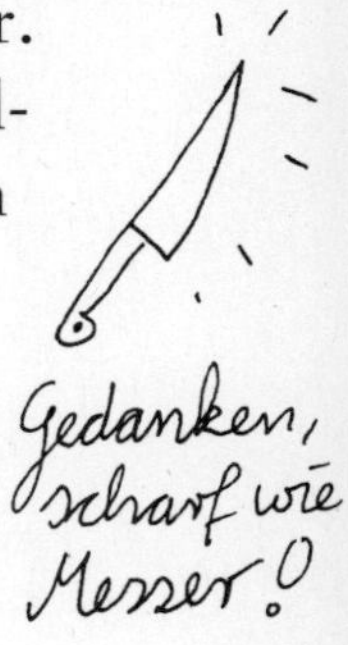

Frau Boran-Bartenklein hielt Vokabelprüfungen immer schriftlich und mündlich ab. Sie würde mich in die letzte Bank schicken und dort müsste ich zehn Vokabeln auf einen Zettel schreiben. Danach würde sie mich an die Tafel rufen und ich müsste noch einmal zehn Vokabelfragen beantworten. Natürlich andere.

Ich nahm mein Vokabelheft und einen kleinen Zettel. Mit einem frisch gespitzten Bleistift begann ich ein englisches Wort nach dem anderen aufzuschreiben. Alle in unserer neuen Geheimschrift. Selbst wenn Frau Boran-Bartenklein mich ertappen sollte – was dank der Fernbedienung nicht geschehen würde –, hielte sie nur einen Zettel mit völlig unverständlichem Zeug in der Hand.

So saß ich da und schrieb und schrieb und

schrieb. Insgesamt musste ich die Wörter fünfmal aufschreiben, weil es so schwierig war, alle auf einem Blatt unterzubringen. Mehrere Zettel wollte ich nämlich nicht verwenden.

– Kritzel – Kritzel – (Oje)

Kurz vor dem Abendessen hatte ich es endlich geschafft.

Diesen Abend möchte ich übrigens aus meinem Gedächtnis streichen. In der Küche herrschte eisige Stille. Mam redete kein Wort. Paps versuchte dreimal, etwas zu sagen, aber sie beachtete ihn gar nicht.

Caesar und Antonius war es genauso unangenehm wie mir.

Dabei war am Samstag Mams Geburtstag. Es würde ein trauriger Geburtstag werden.

Bis dahin hatte ich jedoch auch noch andere Probleme zu lösen.

Die *Ideal*-Taste

Donnerstag.

Prüfungstag.

In der dritten Stunde war es so weit.

Ich war dafür bestens ausgerüstet. In einer Tasche meiner Jacke spürte ich die schlanke Fernbedienung. Auf der anderen Seite, innen in meiner Jacke, klebte der Zettel mit den Vokabeln in Geheimschrift.

Bix kraulte mir diesmal ständig durch die Haare und über den Rücken. „Locker bleiben, ganz locker, das ist das Wichtigste“, schärfte sie mir ein.

Vanessa massierte sich die Schläfen und starrte auf den Fliegendreck an der Wand.

„Versuch das auch“, riet sie mir. „Bündle deine ganze Konzentration zu einem dünnen Strahl, der so scharf und stark ist wie Laserlicht. Du kannst damit Stahl schneiden.“

Da saß ich also mit meinen beiden Freundin-

Es geht hier um einen Test, ihr Lieben!

nen. Die eine behandelte mich wie einen Pudel vor der Hundeschau und die andere wollte ein Stahlschneidegerät aus mir machen.

Leute, ich muss den Vokabeltest unbedingt bestehen!

Außerdem mussten wir am Nachmittag gemeinsam nach Alexa sehen. Durch das lange Vokabel-Spickzettel-Schreiben hatte ich sie völlig vergessen.

Ich war recht ruhig. Mithilfe der Fernbedienung würde ich alles schaffen und Frau Boran-Bartenklein beweisen, dass in mir ein Englisch-Genie schlummerte.

Die Stunde begann wie erwartet. Frau Boran-Bartenklein schickte mich in die letzte Bank, die sie auch noch ein Stück von der Reihe davor wegzog. Sie legte mir einen Zettel hin. Darauf standen sieben englische und sieben deutsche Wörter. Ich sollte die Übersetzungen danebenschreiben.

Vierzehn Wörter waren gemein und außerdem ungewöhnlich. Normalerweise waren es immer nur zehn. Bei vierzehn Vokabelfragen konnte ich viel mehr Fehler machen.

Beschweren half nichts.

Sie schritt nach vorn Richtung Tafel, drehte sich aber auf halbem Weg mit einem schnellen Ruck zu mir um. Ihr ausgestreckter Zeigefinger war auf mich gerichtet: „Und kein Spicken! Ich sehe alles, wie du weißt.“

Bekümmert nickte ich und tastete schon nach der Fernbedienung. So, Frau Boran-Bartenklein, diesmal haben Sie keine Chance. Diesmal habe ich Sie in der Hand, oder besser gesagt, auf dem Knopfdruck.

Ich überflog die Wörter auf dem Zettel. War

alles nicht so schwierig, erschien mir. Um auf Nummer sicher zu gehen, wollte ich lieber spicken. Damit sich die Lehrerin nicht umdrehen konnte, drückte ich die *Vorwärts*-Taste. Daraufhin lief sie weiter, bis sie mit dem Gesicht gegen die Tafel gepresst stand. Dann ging sie auf der Stelle, als wollte sie ein Loch in die Wand stemmen.

SPICKEN
SPICKER
SICHER

In der Klasse wurde gekichert.

Ich begann mit der rechten Hand zu schreiben und drückte mit der anderen weiterhin auf die Pfeiltaste nach oben.

Frau Boran-Bartenklein gab sich nicht geschlagen und kämpfte gegen die Wirkung der Fernbedienung an. Ich ließ sie ein paar Schritte nach links und dann einige nach rechts zappeln.

Was wohl die *O.K.*-Taste in der Mitte des Gerätes auslöste?

Hinter mir klopfte es an der Klassentür. Die Tür wurde einen kleinen Spalt aufgezogen – und Paps steckte den Kopf herein.

Oha – Paps

Mir fror der Finger an der Fernbedienung fest.

„Verzeihen Sie die Störung, aber Sie haben

mehrmals versucht, mich zu erreichen“, sagte er in Richtung Tafel, wo Frau Boran-Bartenklein noch immer verzweifelt herumzappelte.

Vor Schreck ließ ich die Taste los.

Mit einem heftigen Schnauben drehte sich die Lehrerin um.

„Mein Name ist Kiska.“ Paps deutete auf mich. „Ich bin der Vater von Krissi.“

Das war die Gelegenheit für mich. Ich wollte Frau Boran-Bartenklein einfach hinaussteuern und schnell alles abschreiben.

Danach müsste ich bestimmt eine Erklärung dafür finden, wieso ich wegen Papas Beruf geschwindelt hatte. Also drückte ich die *Schneller-Vorlauf*-Taste. Mit trippelnden Schritten kam Frau Boran-Bartenklein angewackelt. Ich wollte auf *Play* drücken, damit sie nicht so komisch aussah, verfehlte in meiner Tasche aber die grüne Taste und presste aus Versehen den runden *O.K.*-Knopf.

Meine Englischlehrerin und Paps standen nur zwei Schritte voneinander entfernt. Mit einem Jubelschrei stürzte sie sich auf ihn und küsste ihn. Auf die Stirn, die Nasenspitze und den Mund.

Ich weiß nicht, wer verdutzter geguckt hat: ich, der Rest meiner Klasse oder Paps. Nur Frau Boran-Bartenklein wunderte sich nicht, denn die hatte das ja nur getan, weil ich sie fernbedient hatte.

Lothar rief: „He, was geht denn da ab?“

Paps wich zurück. Meine Hände zitterten, aber um die Lehrerin endgültig aus der Klasse zu bekommen, wählte ich wieder die Pfeiltaste nach unten.

Schon sprang sie los und rannte Paps über den Haufen. Die zwei landeten auf dem Boden: Paps auf dem Rücken und Frau Boran-Bartenklein lag auf ihm.

„Bitte … bitte, was tun Sie da?“ Paps bekam einen knallroten Kopf.

Meine Klassenkameraden gluckten, einige kicherten, andere lachten laut. Es konnte wohl keiner so ganz glauben, was sich abspielte.

Da ich nun alle Finger von der Fernbedienung genommen hatte, war meine Englischlehrerin auch wieder normal. Deshalb war ihr die Sache genauso peinlich wie Paps. Sie murmelte eine Entschuldigung, stand auf und zupfte verlegen an ihrer Bluse und ihrer Jeans herum. Von ganz allein sagte sie dann: „Lassen Sie

Hey-hey
Hallo, hallo
Igitt
Skandal
Schäbig
PEINLICH

uns bitte kurz hinausgehen ... hier ist ... der Boden so rutschig."

Kaum waren die zwei draußen, war in der Klasse die Hölle los. Ihr könnt euch nicht vorstellen, welche Kommentare da durch die Luft flogen.

„He, Krissi, dein Vater ist aber ein toller Charmebolzen!"

„Krissi, kann ich mir deinen Vater leihen, damit er auch für mich Frau Boran-Bartenklein den Kopf verdreht?"

„Die Boran-Bartenklein ist ja total verknallt. So was von peinlich!"

„Ich finde das einen Skandal. Wenn ich das meiner Mama erzähle, beschwert sie sich bei der Direktorin."

„Krissi, was sagt denn deine Mutter dazu?"

Ich fühlte mich richtig schuldig, und weil ich so nervös war, vergaß ich den Vokabeltest und das Abschreiben und starrte nur die Fernbedienung in meiner Hand an.

Wie konnte ich den Spuk am besten beenden? Sollte ich die rote *Aus*-Taste nehmen?

Aber vielleicht blieb Frau Boran-Bartenklein dann einfach stocksteif stehen. Es gab leider keine *Lösch*-Taste, mit der ich alles hätte ungeschehen machen können. Was blieb mir noch übrig?

Die *Ideal*-Taste. Das war ein rot-grün-blauer Knopf, der alles ideal einstellte: das Bild, den Ton, den Sender. Vielleicht war er meine Rettung. Ich betätigte ihn zur Sicherheit gleich dreimal hintereinander.

Ob es was brachte?

Liebeschaos

Schwungvoll kehrte Frau Boran-Bartenklein in die Klasse zurück.

Alle verstummten. Jeder starrte sie gespannt an. Was würde sie als Nächstes machen? Vielleicht wie ein Schimpanse auf die Tafel klettern?

Fragend sah sie durch die Reihen. „Ist etwas?"

Natürlich meldete sich keiner und sagte: „Frau Lehrerin, Sie scheinen einen Sprung in der Schüssel zu haben."

Leider steuerte sie dann als Erstes auf mich zu. Ich hatte gerade mal zwei Vokabeln aufgeschrieben und war mir nicht sicher, ob sie richtig waren. Bevor ich weiterarbeiten konnte, hatte sie mir den Zettel schon weggezogen.

Na bravo! Ich hatte nicht bestanden. Bald würde ich in Englisch mit *beiden* Beinen im Grab stehen. Bestimmt lief sie noch Paps nach und petzte gleich, dass ich den Vokabeltest verhauen hatte.

„Den vergessen wir“, sagte sie selig lächelnd und tätschelte mir den Kopf.

Hielten mich neuerdings alle für einen Hund?

Während sie zur Tafel ging, zerknüllte sie den Zettel. Dann warf sie ihn in den Papierkorb.

In der Klasse erhob sich ein staunendes, ungläubiges: „Häää?“ – „Was heißt das?“ – „Wieso ...?“

„Wir werden heute einmal etwas ganz anderes machen“, kündigte sie an. „Wir werden Liebesgedichte auf Englisch schreiben. Eine wichtige Angelegenheit, wenn wir in zwei Jahren zum Schüleraustausch nach England fahren. Da wird es bestimmt zwischen einigen funken. Wäre es dann nicht einfach wunderbar, der oder dem Angebeteten ein romantisches Gedicht in seiner Sprache vortragen zu können?“

In der Klasse fanden das alle etwas schräg. Aber noch immer traute sich keiner, was zu sagen. Frau Boran-Bartenklein schien völlig verändert. Wir hatten sie noch nie so locker und vergnügt erlebt. Normalerweise fiel sie eher in die Kategorie „Harter Knochen“.

„Didel-didel-dammm“, sang sie vor sich hin.

Es wurden viele fragende Blicke gewechselt, jede Menge ratlose Grimassen geschnitten und natürlich auch getuschelt.

Es wurde sogar noch peinlicher. Vanessa sollte an die Tafel gehen, um die ersten zwei Zeilen eines Liebesgedichtes aufzuschreiben, das sie selbst dichten musste.

Ausgerechnet Vanessa, die wirklich gar nichts von Romantik, Liebe, Verliebtsein, Schmetterlingen im Bauch und Herzchen, die vor den Augen tanzen, versteht.

Sie blickte Hilfe suchend zu Bix und mir. Wir flüsterten ihr zu: “*You are like a rose, you are like a …*”

Was reimte sich auf das englische Wort *rose*, bei dem das „e“ nicht ausgesprochen wird?

„*Hose*“, wisperte Bix.

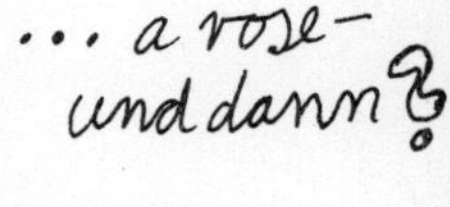

Frau Boran-Bartenklein brach in hohes Gekicher aus.

„Das ist aber eine seltsame Liebeserklärung.

Hose ist auf Englisch der Schlauch." Danach war die Stunde gelaufen. Niemand konnte mehr ernst bleiben. Alle reimten wild drauflos und lachten.

Es wurde „ Ich lieb dich auch" auf „Gartenschlauch" gereimt. Und „Küss mich hier" auf „Trampeltier" und *„Kiss"* auf „Sch…" – ihr könnt es euch denken.

Unheimlich war mir die Sache aber schon. Frau Boran-Bartenklein vergaß doch nie eine Prüfung. Sie ließ da auch nie locker. Wieso hatte sie mich vom Haken gelassen? Nach der Stunde passte ich sie an der Tür ab und wollte wissen, wie es denn jetzt mit meiner Note weiterginge. Das war eine überlebenswichtige Frage, schließlich ging es um meine Ferien.

„Da drücke ich bei dir gerne ein Auge zu", versicherte sie verschwörerisch und kniff mich in die Wange. „Dein Vater ist aber auch einfach zu schnuckelig."

SCHNUCKELIG
Oha!

SCHNUCKELIG!!! Hatte sie das wirklich gesagt?

„Was … was heißt das?", piepste ich fassungslos.

„Du bekommst eine gute Note." Sie nannte mir eine, die um zwei Stufen besser war als meine jetzige. Paps würde mir gleich einen pinkfarbenen Trainingsanzug dazukaufen, wenn er das erfuhr.

Das „schnuckelig“ jagte mir allerdings Schauer über den Rücken.

Hurra, meine Welt wird pink!

„Dideldam-dideldumm-dideldei“, sang die Lehrerin und schwebte davon.

Es fiel kein Wort über meine Flunkerei, Paps sei ein Scherzartikel-Fabrikant.

Nachdenklich wog ich die Fernbedienung in der Hand. Probeweise richtete ich sie auf Frau Boran-Bartenklein und drückte auf die *Schnellvorlauf*-Taste.

Doch sie hatte keine Wirkung. Die Lehrerin ging in derselben Geschwindigkeit weiter. Auch die *Rücklauf*-Taste funktionierte nicht mehr, die *Stopp*-Taste ebenfalls nicht. Es war das Gleiche eingetreten wie am Tag zuvor. Die Fernbedienung war wieder stinknormal geworden.

Brauchte ich sie überhaupt noch?

Das ganz große Chaos kündigte sich am Nachmittag an. Es war zehn vor sechs. Das weiß ich genau. Im Fernsehen hatte gerade meine Lieblingsserie *Tanzende Herzen* begonnen. Den Fernseher hatte ich mit der Fernbedienung ein-

geschaltet, die noch am Vormittag die erste Lehrer-Fernbedienung der Welt gewesen war.

Unser Telefon klingelte. Antonius schnappte sich sofort den Hörer und kam damit zu mir ins Wohnzimmer. Er zwinkerte mir zu und meldete sich mit: „Städtischer Hundeverschönerungsverein, am Apparat Paulus Dobermann.“ Dann hörte er dem Anrufer kurz zu.

In der Tür erschien Mam. Sie hatte im kleinen Zimmer nebenan am Computer gesessen.

„Wer ist es?“, fragte sie mit diesem Unterton, der schärfer war als Chili.

„Nein, er ist noch nicht da“, sagte Antonius. Danach hielt er den Hörer vom Ohr weg. Ich hörte eine Melodie, die ich aus der Schule kannte. Aber nicht aus der Musikstunde, sondern von Frau Boran-Bartenklein: „Dideldam-dideldumm-dideldei.“

Mir fielen die anderen Anrufe ein. War das auch Frau Boran-Bartenklein gewesen, die versuchte, Paps daheim zu erreichen? Wahrscheinlich. Allerdings wollte sie damals mit ihm über die Berufsinformationswoche sprechen. Nun hatte sie wohl etwas ganz anderes im Sinn.

Sie musste auch seine Büronummer herausgefunden und ihn dort angerufen haben. Deshalb war er in die Schule gekommen.

Mam stürmte zu Antonius und entriss ihm den Hörer. Laut giftete sie hinein: „Lassen Sie die Finger von meinem Mann. Ich warne Sie."

Der Gesang brach ab. Mam hatte den Hörer nicht hochgenommen, sondern hielt ihn vor sich hin. Ich saß nahe genug, um die Stimme zu hören, die sagte: „Verzeihung, hier spricht Frau Boran-Bartenklein, die Englischlehrerin Ihrer Tochter."

Danke, Mam, jetzt hast du mich ruiniert.

Mam hob den Hörer langsam ans Ohr. „Äh … guten Abend … das scheint eine Verwechslung zu sein."

Sie redete kurz mit meiner Lehrerin und entschuldigte sich ständig. Nachdem sie sich mindestens dreimal verabschiedet hatte, legte sie auf.

„Deine Lehrerin hat angerufen, um zu sagen, dass du deinen heutigen Vokabeltest so ausgezeichnet bestanden hast, dass sie dich in die Gruppe der besten Schüler aufnehmen möchte. Ihr bekommt jede Woche zwanzig Vokabeln extra."

Es geschieht höchstens alle drei Jahre einmal. Jetzt war es so weit: Mir verschlug es die Sprache. Mit offenem Mund starrte ich Mam an.

„Ich bin stolz auf dich“, lobte sie mich und schniefte ein paarmal.

Die Haustür wurde aufgesperrt und Paps betrat die Diele. Er rief sein übliches „Hallo, ich bin daaaaheiiim!“. Dann kam er zu uns ins Wohnzimmer.

„Krissis Englischlehrerin hat angerufen. Sie wollte eigentlich mit dir reden, hat dann aber mit Mam gesprochen“, berichtete Antonius.

Paps war auf einmal mein Spiegelbild. Er hatte auch den Mund offen und brachte keinen Ton heraus.

„Wie ... wie oft hat sie angerufen?“, wollte er wissen. Ständig musste er sich räuspern. Er holte das Mineralwasser aus unserer Hausbar und trank direkt aus der Flasche.

„Oscar?“, sagte Mam tadelnd und fragend zugleich.

Paps leerte die Wasserflasche in einem Zug. Er musste danach ein Gefühl im Bauch haben, als hätte er einen Flohzirkus geschluckt.

Wieder läutete das Telefon. Mam meldete

sich mit „Kiska!“. Sie lauschte kurz und bekam dann einen tomatenroten Kopf.

„Wen wollen Sie sprechen? Ihren Schnuckel-Wuckel?“

Schnuckel-Wuckel! Wie niedlich!

Paps stützte sich mit beiden Händen auf der Anrichte hinter sich ab. Hätte er das nicht getan, wäre er umgefallen.

Mam stürmte auf ihn zu und schlug ihm den Hörer gegen die Brust. „Für dich! Ich dachte immer, es sei deine neue Sekretärin. Aber es ist Krissis Lehrerin. Ich werde mich morgen in der Schule beschweren und verlangen, dass diese Boran-Buxtehude gefeuert wird.“

Paps nahm langsam den Hörer hoch und noch langsamer sagte er: „Wie oft soll ich es Ihnen noch sagen: Sie reden sich da was ein. Bitte, lassen Sie mich endlich in Frieden.“

Bis zu mir war das „Dideldum-dideldeiii“ zu hören.

Die Einzige, die wusste, was es zu bedeuten hatte, war ich. Die Fernbedienung war schuld. Entweder war es die *O.K.*-Taste gewesen oder die *Ideal*-Taste. Jedenfalls hatte eine der beiden dieses Liebeschaos ausgelöst.

Es musste gestoppt werden. Nur Alexa konnte da helfen. Damit mich Mam noch wegließ, täuschte ich eine Krise vor. Ich schaffte es sogar, ein paar Tränen fließen zu lassen.

„Eure Streitereien sind nicht auszuhalten. Ich muss an die frische Luft. Ich gehe zu Bix." Mit diesen Worten verließ ich das Haus, ohne mich umzudrehen.

„Krissi, Kind, bleib da!", rief Paps mir nach. Ich aber schmetterte die Tür zu. Sie sollten denken, dass sie keine Chance hatten, mich zu beruhigen. So hatte ich freie Bahn.

Zuerst klingelte ich bei Bix. Sie durfte aber nicht mehr hinaus, weil sie schon beim Essen waren. Es war völlig sinnlos, mit ihrer Mam zu diskutieren, das wusste ich aus Erfahrung. Frau Taler hatte ihre Prinzipien, wie sie es nannte.

In nur sechzehn Minuten war ich im Rathaus. Das war ein neuer Rekord. Und falls nicht, so feierte ich es doch als Rekord, damit ich wenigstens irgendeinen Grund zur Freude hatte. Ich schoss in den Keller und zappelte vor der Backsteinwand herum, als müsse ich dringend auf die

Toilette. Endlich war die violette Tür da und ich platzte ins Gewölbe.

Dort erwartete mich ein Schock.

Horror!

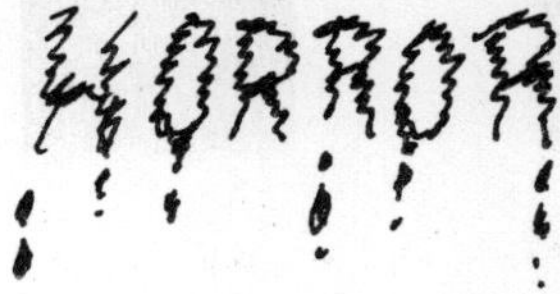

Dreizehn Haare

Alexas Sessel war besetzt.

Aber nicht von ihr, sondern von einem schrumpeligen braun-schwarzen Wesen mit langen, zottigen Haaren und gedrehten Hörnern. Seine Augen schienen zu glühen. Das Wesen hatte ungefähr Alexas Größe, kurze Beine, dünne Arme und riesige Hände.

Vor ihm stand ein Glas mit braunen Kugeln. Ich erinnerte mich daran, dass Alexa die Kugeln einmal als Mistpillen bezeichnet hatte, die Mistkäfer aus Kuhfladen drehen, um darin ihre Eier abzulegen. Das Wesen nahm eine Handvoll heraus und warf sie sich ins Maul. Knirschend zerbiss es sie.

Als es mich angrinste, zeigte es schief stehende gelbe Zähne und eine spitze lilafarbene Zunge. Sobald es das Maul aufmachte, wurde mir einiges klar.

„Da ist sie ja, meine Braut!“, krächzte es.

• • •

Die heisere Stimme gehörte also gar nicht zu Alexa!

Ich wich zur Tür zurück, die aber nicht mehr offen war. Ich hatte sie weder zuschwenken noch ins Schloss fallen gehört. Prüfend tastete ich hinter mir nach der Klinke, bekam aber keine zu fassen.

Braut? / Wie, Braut?

„Brauchst nicht daran zu denken, dass du fliehen könntest. Dafür ist es jetzt zu spät, meine Braut.“

„Wo ist Alexa?“, fuhr ich den dunklen Gnom an. Der widerliche Zwerg trug nur eine zerschlissene Hose aus braunem Stoff. Und er

stank. Der Geruch verfaulter Eier wehte zu mir herüber.

Auf dem Boden lagen noch immer die ungeöffneten Chipstüten. Ich bückte mich danach und hob sie auf.

„Meine Braut, mach dich bereit zur Hochzeit“, lispelte der Zwerg.

„Wo ist Alexa?“, wiederholte ich und versuchte stark und selbstbewusst zu klingen.

Diese Kartoffel auf Beinen schwenkte etwas zwischen den Fingerspitzen. Waren das meine Haare?

„Dreizehn Stück, dann bist du mein! So sagt es das schwarze Buch, so soll es sein“, schmetterte der Gnom. Er machte eine ungeschickte Verbeugung. „Ich vergaß, mich vorzustellen: Mein Name ist Luzifant. Ich komme aus dem Inneren der Erde, wo sich alle bösen Geister versammelt haben. Die dicke, dumme Kröte hat den Spruch zu laut gelesen, mit dem man mich herbeibeschwört.“

Das Buch. Das aufgeschlagene Buch. Natürlich. Das Wesen vor mir war das gleiche wie im Buch. Alexa murmelte oft beim Lesen, das hatten wir selbst schon festgestellt. Diesmal war es aber zu einer Katastrophe aus der …

Jetzt erst wurde mir bewusst, was das „Innere der Erde“ war. Dieser Luzifant meinte wohl die Hölle.

Oh Hölle, fiel mir dazu nur ein.

Ich war hin- und hergerissen. Sollte ich versuchen, so schnell wie möglich einen Abgang zu machen, oder musste ich nicht alles tun, um Alexa zu helfen. Dass sie Hilfe dringend nötig hatte, war klar.

Da war doch diese Dose gewesen. Dieser Tiegel mit dem Deckel, der so gewackelt hatte. Vielleicht hatte Luzifant Alexa dort hineingesteckt. Wie er die recht dicke Alexa in das Gefäß gestopft haben könnte, war mir allerdings etwas schleierhaft.

„Du bist meine Braut, da gibt es kein Entrinnen!“, triumphierte der Kleine. Er streckte mir auf der offenen Hand ein paar Mistkugeln entgegen. „Willst du auch welche haben? Ich teile alles mit dir.“

Nein danke!

„Ich … ich bin viel zu jung zum Hei-

raten!“, platzte ich heraus. Es war sicher nicht das Intelligenteste, aber das Einzige, was mir einfiel.

„Dann werde ich dich gut einlagern. Tief unten, wo es heiß und feurig ist. Dort reifst du dann heran, meine Braut.“ Wieder wackelte er mit den Haaren. „Wer etwas von uns Unterirdischen möchte, der bekommt es, wenn wir dafür seine Haare kriegen. Wir dürfen jedoch nie mehr als zehn auf einmal verlangen.“

„Deshalb hast du die Fernbedienung am Anfang auch nur ein bisschen funktionieren lassen. Sehr schlau!“, sagte ich bitter.

Der Knubbel gackerte. „Schlaue Braut, sehr schlaue Braut, passt zum schlauen Luzifant.“

Der Kerl stank nicht nur nach faulen Eiern, sondern auch nach Zehenkäse und Hundert-Jahre-lang-nicht-einmal-die-Zähne-geputzt.

„Einen Kuss“, verlangte er gurrend und spitzte die grauen Lippen. „Küsschen, Küsschen, Küsschen!“

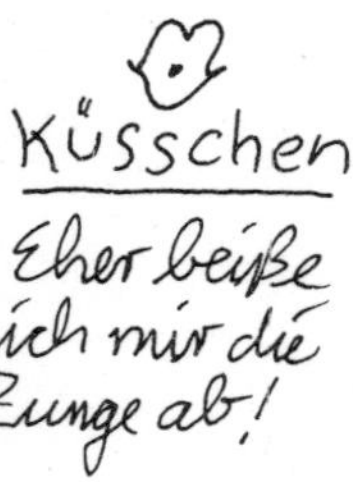

Alexa musste warten. Ich wollte nur noch weg. Schnell drehte ich mich um.

Die Tür hatte innen einen Knauf. Er war nur viel tiefer, als ich angenommen hatte.

Mit beiden Händen packte ich ihn und schaffte es, ihn zu drehen. Die Tür ließ sich auch aufziehen und ich stolperte in den Keller hinaus.

„Komm zurück, meine Braut!“, kreischte der Widerling.

Ich warf mich von außen gegen die Tür. Sie krachte zu und als ich zurücksprang, wuchs die Backsteinwand sofort in die Höhe.

Als wäre der Teufel hinter mir her, jagte ich die Steinstufen nach oben.

Himmel und Hölle! Das sollte ich wohl besser nicht sagen, denn es war die Wahrheit. Falls dieser kleine Mistkugelfresser aus dem Gewölbe entkam, war tatsächlich eine Art Teufel hinter mir her.

Konnte er bis zu mir nach Hause? Konnte er mich von dort holen? Hatte er mit den dreizehn Haaren Macht über mich?

Es gab jedoch etwas anderes, womit er mich in der Hand hatte: Die Lehrer-Fernbedienung. Frau Boran-Bartenklein war noch immer verrückt nach Paps. Um das abzustellen, musste ich wohl zu dem Knubbel zurück.

Aber nicht an diesem Abend.

Nach Hause rannte ich in nur dreizehn Minuten.

13

Verflixte Zahl

Schon wieder dreizehn.

Es war auf jeden Fall ein neuer Rekord.

Als ich die Haustür aufschloss, stürzten Mam und Paps sofort aus dem Wohnzimmer. Mam breitete die Arme aus, Paps stand verlegen daneben.

„Krissi!", rief Mam.

„Wir müssen dir etwas sagen!", begann Paps.

Sie ließen sich bestimmt scheiden.

Danke. Nicht heute Abend. Ich hatte genug um die Ohren. Sofort machte ich kehrt, stürmte über die Straße und in den Garten der Talers. Mit Klingeln hielt ich mich nicht auf. Ich rannte um das Haus herum und durch die Gartentür in die Küche.

Bix stand an der Spüle und bearbeitete das Geschirr.

Natürlich sah sie sofort, dass mit mir etwas nicht stimmte.

„Kann ich heute bei dir schlafen, Bix?", heulte ich los.

Frau Taler kam aus dem Wohnzimmer im ersten Stock. Sie hatte mich wohl gehört.

„Ich muss heute bei Bix bleiben und ich will

kein Wort von meinen Eltern hören“, flehte ich Bix’ Mutter an. „Bitte! Bitte!“

„Aber ich muss ihnen sagen, dass du hier bist“, meinte Frau Taler. Sie hatte ihre Prinzipien, allerdings auch ein Gespür dafür, wann Hilfe angesagt war.

Bix und ich zogen uns in ihr Zimmer zurück. Wir hockten einander gegenüber auf dem Bett und ich schilderte ihr haarklein, was sich alles abgespielt hatte.

Mitfühlend sah sie mich an und sagte schließlich: „Du bist verloren. Aus und vorbei.“

Volltreffer.

K.o. in der ersten Runde. Danke, Bix.

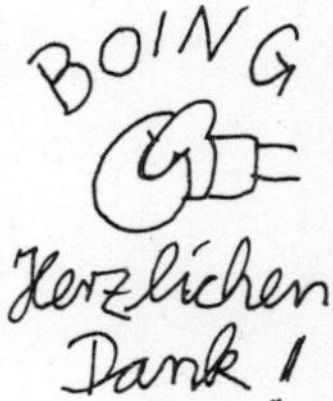

Alles meine Schuld

Frau Taler klopfte an Bix' Zimmertür.

„Krissi, deine Eltern sind da und möchten mit dir sprechen."

Sofort presste ich die Hände auf die Ohren und schrie: „Nein. Ich will nicht."

Glücklicherweise war sie diesmal nicht stur, sondern gab schnell auf.

Draußen hupte ein Auto. Dabei war es schon nach acht Uhr und in unserer Straße wird nie gehupt. Bix und ich beugten uns aus dem Fenster, um zu sehen, wer da Krach machte.

Es war ein kleiner blauer Wagen, den keine von uns beiden kannte. Er parkte nicht, sondern blieb quer auf der Fahrbahn stehen. Heraus sprang – Frau Boran-Bartenklein.

Sogar von Bix' Zimmer aus war zu erkennen, dass sie sich gehörig aufgebrezelt hatte. Eigentlich ist sie eher praktisch veranlagt: praktische Jeans, praktisches T-Shirt, praktische Jacke, praktische Kurzhaarfrisur, praktische Umhängetasche und praktische Gesundheitsschuhe.

Jetzt kam sie vom Friseur. Sie hatte sich ihren aschblonden Schopf platinblond färben lassen. Dazu trug sie ein silbernes bodenlanges Abendkleid. Sie wankte beim Gehen und dem *Klick-Klack* nach zu urteilen, stöckelte sie in Schuhen mit hohen Bleistiftabsätzen.

Das Ergebnis meines Handelns

„Juhu, Oscar!", rief sie und winkte. In der Hand hielt sie zwei Zettel. „Ich habe Karten bekommen fürs Theater. Es wird *Romeo und Julia* gespielt. Unser Stück!"

Hinter unserem Küchenfenster ging das Licht an. Das war sicher Mam. Ihre Vermutung war nun endgültig und für alle Zeit bestätigt. Bestimmt würde sie nie wieder mit Paps reden und es war ganz allein meine Schuld.

Vor Verzweiflung wollte ich meinen Kopf gegen die Wand schlagen. Da das aber doch zu sehr wehtut, musste Bix' weißer Teddybär leiden. Ich knallte ihn mir immer wieder auf die Locken und jammerte: „Dumme Krissi, dumme, dumme Krissi."

Bix versagte an diesem Abend völlig. Kein Trösten. Kein In-den-Arm-Nehmen. Kein Auf-den-Rücken-Klopfen. Nichts. Ich konnte in meiner Verzweiflung schmoren und verbrutzeln.

He, wo bleibt meine Kuschelration?!

Als ich aufsah, stand sie mir gegenüber. Den Kopf hatte sie zur Seite geneigt.

„Was kann mein Teddy für deine Dummheit?", fragte sie.

Wie bitte? Ist das eine Frage, die man seiner völlig zerstörten besten Freundin stellt, deren Eltern kurz vor der Scheidung stehen?

„Meinst du wirklich, dass du damit etwas veränderst?" Mit vorwurfsvollem Kopfschütteln nahm sie mir den weißen Bären ab und drückte ihn liebevoll an sich.

„Was soll ich machen? Diesen Stinkezwerg heiraten?“, fuhr ich sie an. Mir war zum Heulen zumute und deshalb hielt ich die Tränen auch nicht mehr zurück.

Die Ehe ist doch keine Lösung!

Die sonst so mütterliche Bix sagte: „Reiß dich zusammen, Krissi! Das bringt nichts.“

Also putzte ich mir laut die Nase und wischte mir mit dem Ärmel meines T-Shirts das Gesicht ab. Das regt Bix nämlich besonders auf.

Doch an diesem Abend bemerkte sie es nicht einmal. „Wir müssen Vanessa einschalten!“, beschloss sie. Ohne mich zu fragen, was ich davon hielt, stürzte sie die steile Treppe hinunter zum Telefon.

Die Universalausrede „Wir müssen noch etwas gemeinsam für die Schule machen!“ wirkte auch diesmal. Frau Reininghaus erlaubte das späte Treffen.

SCHULE

Alles klar (klappt immer!)

So saßen wir zu dritt auf Bix’ Bett: ich am Fußende, Bix am Kopfende und Vanessa gegen die Wand gelehnt.

„Frau Boran-Bartenklein steht an eurer Tür und klingelt in einem fort“, berichtete Vanessa.

„Hast du etwas mitbekommen? Ist Mam sehr sauer?“, wollte ich wissen.

„Sie steht am Küchenfenster und schimpft, Frau Boran-Bartenklein solle auf der Stelle nach Hause gehen. Sie hat ihr sogar an den Kopf geworfen, sie sei betrunken.“

Grübelnd starrten wir drei vor uns hin.

Frau Boran-Bartenkleins Gefühle für Paps hatten ein Gutes: Wie es aussah, bekam ich die bessere Note. Allerdings war dafür unsere Familie kaputt und ich musste untertauchen, damit mich dieser Käsegnom nicht erwischte.

Vanessa tippte die Fingerspitzen beider Hände zusammen. „Alexa kann dir bestimmt helfen. Also müssen wir sie als Erstes freibekommen.“

Ich klopfte auf meine Armbanduhr. „Es ist fast neun Uhr. Unsere Eltern lassen uns niemals mehr zum Rathaus gehen.“

„Sie dürfen es natürlich nicht mitkriegen“, stimmte mir Vanessa zu. „Sie müssen denken, wir wären alle hier bei Bix.“

„Was schwebt dir vor? Zellteilung? Sollen wir uns halbieren und Doppelgänger wachsen lassen?“, erwiderte ich.

„Nein. Bix bleibt hier und rumort herum, als wären wir alle drei im Zimmer. Du und ich gehen ins Rathaus."

Bix fuchtelte nervös mit den Händen. „Aber wenn Mama doch hereinschaut?"

„Dann hältst du die Tür zu", sagte Vanessa seelenruhig. „Geh jetzt hinunter und hol etwas zu knabbern oder zu trinken. Nimm drei Gläser und wirklich so viel, als wäre es für uns alle. Deine Mutter muss dich sehen. Ist das klar?"

Bix nickte gehorsam und machte sich auf den Weg. Ein paar Minuten später kam sie mit einer großen Flasche selbst gemachter Holunderlimo, einem Teller Vollwertkekse – die schmecken wie gebackene Sägespäne – und drei Äpfeln zurück.

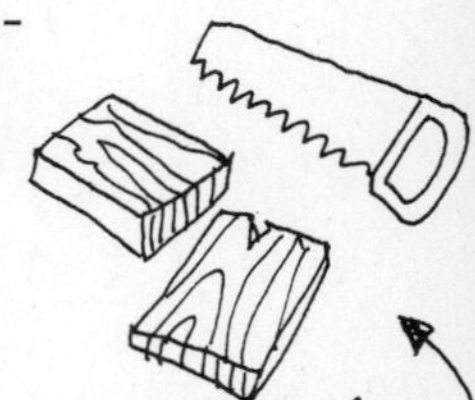

„Was hat deine Mutter gesagt?", erkundigte sich Vanessa.

„Sie meint, bei Kummer helfen weder Schokolade noch Chips, sondern nur gesunde Sachen. Außerdem sollen wir Krissi trösten."

Zufrieden nickte Vanessa. „Es klappt. Krissi und ich können bald los."

Die nächste Mission für Bix war, ihre Mam abzulenken, während Vanessa und ich das Haus verließen. Schwierig war das nicht. Bix ging nur kurz ins Nebenzimmer zu ihrem kleinen Bruder, der verbotenerweise noch neben dem Bett hockte und spielte. Sie verpetzte ihn, was wirklich gemein, aber in einer solchen Notlage einfach notwendig war. Frau Taler kam heraufgeschossen und hockte sich neben Felix' Bett, um darüber zu wachen, dass er auch wirklich einschlief.

Der Weg war frei.

Vanessa und ich gingen gemeinsam. In der Nacht hatte keine von uns Lust, allein auf den Straßen unterwegs zu sein.

Der Eingang ins Rathaus ist zum Glück nie versperrt. Im Durchgang befindet sich ein Polizeiwachzimmer und zu dem muss man immer Zutritt haben.

Wir huschten daran vorbei in den Keller.

Auf der Treppe hielt ich Vanessa auf: „Aber wie wollen wir Alexa freibekommen?"

„Das können wir erst entscheiden, wenn wir die Lage erkundet haben. Wir müssen wohl oder übel in die Höhle des Löwen!"

Um einen Löwen handelte es sich allerdings nicht. Eher um ein übergroßes Stinktier.

Das Schmelzen der Mauer und das Öffnen der violetten Tür verliefen problemlos.

Schon beim Eintreten in das Gewölbe war aber klar, dass sich Luzifant nicht so einfach geschlagen geben würde. Dick wie er ist, hockte er auf der hohen Dose. Aus seinem Maul rann gelber Sabber.

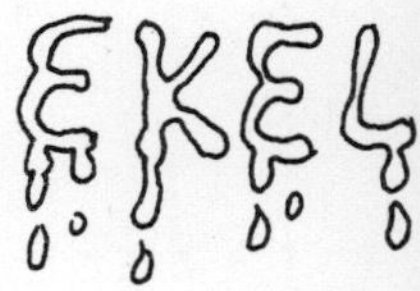

„Meine Braut ist wieder da“, grunzte er zufrieden. „Hast mich schon vermisst, was?“

Haar im Mund

Vanessa bringt nichts so leicht aus der Ruhe. Dafür bewundere ich sie, obwohl ich glaube, dass in ihr manchmal ein Vulkan brodelt.

Doch mein „Bräutigam“ brachte sogar sie aus der Fassung. Sie rümpfte die Nase und verzog das Gesicht.

Beim Grinsen ließ diese Stinkwurzelknolle ihren gelben Hauer seitlich aus dem ekeligen Maul kommen.

„Wen hast du da mitgebracht? Ist das vielleicht noch eine Braut für mich?“ Lockend säuselte er. „Komm, mein Schätzchen. Wünsch dir was von Luzifant und schenk mir dafür ein paar deiner Haare.“

Vanessa beugte sich zurück und verschränkte die Arme vor der Brust. „Niemals!“

Beleidigt schnitt ihr der Stinker eine Grimasse. „Deine Schweineborsten kannst du behalten. Locken mag ich ohnehin viel lieber.“

Zwischen den schwarzen Fingern ließ er meine dreizehn Haare baumeln.

Noch heute bewundere ich Vanessa für das, was sie dann tat: Sie hechtete auf ihn zu wie eine Torfrau auf den Ball beim alles entscheidenden Elfmeter. Vanessa segelte geradezu durch die Luft, ohne darauf zu achten, dass sie auf dem harten Boden landen könnte. Die Hand hatte sie nach vorn gestreckt, die Finger geöffnet wie eine Zange.

Der Kleine riss das Maul auf und stieß einen spitzen, schrillen Schrei aus. Seine roten Augen traten aus dem Kopf. Vanessas Angriff kam für ihn völlig überraschend. Bevor er ausweichen oder sie angreifen konnte, hatte sie ihn schon erreicht. Sie schlug mit der Hand nach den Haaren.

Doch sie verfehlte sie und landete unsanft.

Sofort begann der Gnom hoch und bösartig zu lachen. Er bewegte die Arme wie bei einem Freudentanz, rührte sich aber nicht von der Stelle.

Vanessa hob den Kopf und ich konnte sehen,

dass ihr der Gestank den Atem nahm. Sie kniff Mund und Nasenlöcher zu und fixierte die großen nackten Füße mit den dicken, verwachsenen Zehennägeln, die über ihr baumelten. Blitzschnell packte sie den Widerling an den Knöcheln und riss seine Beine in die Höhe.

Wieder kreischte Luzifant. Er verlor das Gleichgewicht und kippte nach hinten.

Ich kam Vanessa zu Hilfe und stürzte mich auf seine Hand mit meinen Haaren. Ein paar bekam ich zu fassen, die anderen blieben bei ihm und er presste sie an seine haarige Brust.

„Gib sie auf der Stelle zurück, du Diebin!“, zeterte er.

Damit er sie ganz sicher nicht bekommen würde, stopfte ich mir die Haare in den Mund. Das war wirklich das Ekeligste, was ich jemals getan habe. Es ist bestimmt leckerer, Regenwürmer zu essen, als die eigenen Haare auf die Zunge zu bekommen, die in dieser Stinkehand gewesen sind.

Der dunkle Knubbel lag auf dem Rücken und strampelte mit allen vieren, wie Felix es früher getan hatte, wenn ihm etwas nicht passte.

„Das Gefäß … Alexa ist drin!“, sagte ich.

Mit den Haaren im Mund klang es allerdings eher nach: „Aaas Geäääs … Aaaaassa iii in."

Vanessa zog den Topf zu sich und nahm den Deckel ab. Sie kippte das Gefäß zur Seite und es kam eine völlig verschrumpelte und vertrocknete Alexa herausgekrochen. Nie zuvor hatte ich sie so jämmerlich gesehen. Sie hatte nur noch die Größe eines Meerschweinchens und konnte sich nicht aufrecht halten.

Dafür aber war Luzifant wieder auf den großen dreckigen Füßen. Er konnte in einer Lautstärke und Tonhöhe brüllen, die unsere Ohren klingeln ließen.

Schlapp tappte Alexa in Richtung des Buches. Mit piepsiger, schwacher Stimme wimmerte sie: „Schlagen … schlagen …"

Was meinte sie damit?

Luzifant wackelte los und schwang drohend die Faust. „Braut bleibt Braut, du kommst mit mir."

Da Vanessa von ihrer Landung noch etwas mitgenommen war, wieselte ich zum schwarzen Buch. Es war so schwer, dass ich es kaum hochheben konnte.

„Schlagen … zuschlagen …“, hörte ich Alexa wimmern.

Mit beiden Händen knallte ich es zu. Schwarzer Staub rieselte herab.

„Dummkopf … auf ihn …“, kam es von unten.

Der kleine Teufel hatte meine Beine erreicht. Seine dicke Nase berührte mein Knie. Mit den großen Händen hängte er sich an den Saum meines T-Shirts und riss daran. Der Stoff gab bedenkliche Geräusche von sich.

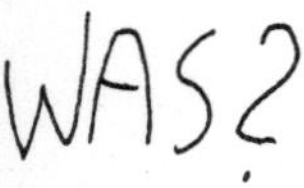

Was meinte Alexa?

Die Kröte setzte sich mühsam auf ihr Hinterteil und bedeutete mir mit den Pfoten, ich solle das offene Buch zuschlagen. Gleichzeitig tat sie, als steckte sie den Kopf zwischen die Seiten.

Fragend sah ich sie an. Sie sagte nichts mehr, sondern wies nur immer wieder mit der Pfote auf den Gnom, um gleich darauf jedes Mal vorzuführen, was zu tun war.

Luzifant hatte es geschafft. Mit einem *Ritsch!* riss er ein Stück Stoff aus meinem T-Shirt. Wie eine Trophäe schwang er es über dem Kopf. „Küssen, küssen, küssen!“, verlangte er. Da ich nicht daran dachte, das zu tun, begann er an meinem Hosenbein hochzuklettern. Die Krallen seiner Finger bohrte er durch den Jeansstoff und kratzte mich dabei. Es tat verdammt weh.

AUFHÖREN! Sofort!

„Hör auf!“, verlangte ich.

„Küssen, mein Schatz. Komm, einen Schmatzer. Schmatz, schmatz, schmatz, schmatz!“

Jiiiiiiii

Wo auch immer dieser Widerling sonst hauste, er musste dort klettern trainiert haben. Schon hatte er das Loch in meinem T-Shirt erreicht. Er kroch auf meinen nackten Bauch.

Nie zuvor habe ich so laut gekreischt.

Dieser Mistkerl umklammerte mich mit den Armen, damit ich ihn nicht mehr abschütteln konnte. Frech streckte er dann den Kopf aus dem Loch im T-Shirt und grinste mich von unten mit seinen gelben Zähnen an.

Da tat ich es endlich. Ich öffnete das Buch noch einmal und knallte es dann so zu, dass Luzifants Kopf zwischen den Seiten zu liegen kam.

Danach war er – noch immer da!

Hölle! Was hatte ich falsch verstanden?

„Seine Seiten“, orderte Alexa.

Auch das noch! Der Wälzer hatte mindestens

tausend Seiten. Wie sollte ich da die richtige wiederfinden. Ich blätterte und blätterte.

Inzwischen versuchte Luzifant, mir das Werk aus den Händen zu schlagen.

Mam mag es nicht, wenn ich aufgeschlagene Bücher mit den Seiten nach unten auf den Tisch lege. Sie findet das grausam, weil die Bücher dadurch beschädigt werden.

In diesem Moment wäre sie aber froh gewesen, dass Alexa das auch tat. Ich stieß auf die Seite mit der Zeichnung von Luzifant, weil das Werk an dieser Stelle etwas auseinandergebogen war.

Luzifant witterte die Gefahr und wollte hinunterklettern. Vanessa aber war wieder auf den Beinen und packte ihn von hinten. Während sie ihn festhielt, konnte ich jetzt endlich die Buchseiten so zuklappen, dass Luzifants Kopf dazwischen zu liegen kam.

Ich spürte das Hindernis. Ich drückte fester.

Völlig umsonst.

Und alles ist ganz anders

Der nächste Schrei des schwarzen Wichts war so laut und grässlich wie die Alarmanlage der Familie Reininghaus. Die Sirenen sollen anscheinend nicht nur auf Einbrecher aufmerksam machen, sondern sie auch taub werden lassen. Wenn die Anlage losgeht, verlässt jeder das Haus, selbst wenn er gerade nackt unter der Dusche steht.

Genauso brüllte der Stinker.

Eines der gedrehten Hörner verfärbte sich zuerst dunkel- und dann hellgrau. Es rieselte herab wie feine Asche vom Holzscheit. Das andere Horn platzte in einer dunklen Staubwolke.

Noch immer schrie und strampelte der Gnom, doch seine Beine wurden schnell zu Staub. Dafür boxte er mit den großen Händen wild um sich und stemmte sich dann gegen die Buchseiten, um das Buch wieder zu öffnen. Ich musste all meine Kraft zusammennehmen, um zu verhindern, dass es ihm gelang.

Meine Muskeln zitterten und taten weh.

Der kleine Mistkerl grinste mich wütend und mit diebischer Freude an, weil er das Buch Millimeter für Millimeter weiter öffnete.

Er würde entwischen, aber ohne Hörner und ohne Beine.

Wumms! Das Buch schlug zu. Ich war eingehüllt von feinem schwarzem Staub. Er ballte sich zu einer dünnen Fahne, die zwischen die Buchseiten schlüpfte und verschwand.

Gleichzeitig poppte neben mir etwas in die Höhe.

Es war Alexa. Sie ging nicht nur zu ihrer alten Körpergröße auf wie ein Popcorn in der Pfanne, sondern hatte auch ihre große Klappe wiedererlangt. Die Pfoten in die Seite gestemmt, hockte sie da und wetterte: „Ihr zwei solltet euch wirklich Doofi und Dummi nennen. Hat die Welt schon einmal so viel Hirnlosigkeit erlebt? Jetzt erst tut ihr etwas, um mich aus den Klauen dieses Höllenwurms zu befreien. Wie laut hätte ich noch schreien müssen? Habt ihr

Erbsen in den Ohren? Denkt ihr eigentlich immer nur an euch, ihr selbstsüchtigen kleinen Gurken?"

Vanessa lächelte Alexa an und sagte: „Wir wünschen dir auch einen schönen Abend. Außerdem vielen Dank, dass du uns gerettet hast. Wie ist dieser Kerl eigentlich hergekommen?"

Das war ein Volltreffer. Bingo!

Alexas normale Hautfarbe ist eine Mischung aus Gelbgrün und Ocker. Zum ersten Mal, seit ich sie kenne, sah ich sie rot werden. Mir fiel ein, was Luzifant erzählt hatte. Alexa hätte ihn beschworen, weil sie beim Lesen immer murmelt. Natürlich konnte ich mir nicht verkneifen, das anzubringen.

Alexa wand sich, so peinlich war ihr das. Sie tat mir fast ein wenig leid.

„Ääähhh", machte sie. „Ääääää!" Dann fauchte sie: „Unwichtig!". Sie wedelte mit den Pfoten, als könnte sie die Angelegenheit auf diese Weise aus der Welt schaffen.

„Ääähhh" – von wegen unwichtig!

Zur Beruhigung reichte ich ihr schnell die Knoblauchchips, über die sie sich hungrig hermachte.

„Die Lehrer-Fernbedienung, die Luzifant für mich gehext hat, ist kaputt. Wie kann ich unsere Englischlehrerein wieder normal machen?“, wollte ich wissen.

Kauend und Chips spuckend antwortete Alexa: „Reg dich ab! Es ist alles vorbei, wenn der Unhold fort ist. *Tutto completto!*“

Das waren sehr gute Neuigkeiten. Wenigstens würde sich Frau Boran-Bartenklein nicht mehr zum Affen machen und Paps endlich in Frieden lassen. Aber meine Englischnote war eine ganz andere Sache.

„Äh … kannst du die Fernbedienung nicht noch ein wenig funktionieren und Lehrer steuern lassen?“, fragte ich vorsichtig nach.

Alexa tippte sich an die Stirn. „Setz dich auf deinen Pavianhintern und lern.“

„Ich habe keinen Pavianhintern“, protestierte ich wütend. Alexa gluckste vergnügt. Sehr witzig. Sie liebt es, wenn wir uns über sie aufregen. Für Alexa ist das eine Art Sport. Allerdings wissen wir, dass sie es nicht so böse meint, wie es manchmal klingt. Wenn wir ihre Hilfe brauchen, kann sie eine wirklich gute Freundin sein.

Als wir in unsere Straße einbogen, sahen wir Bix am Fenster. Sie beugte sich weit heraus und winkte mit beiden Armen. Dann legte sie einen Finger auf den Mund und deutete auf unser Haus und dann auf ihres.

Da wir nicht verstanden, was sie meinte, schrieb sie eine Geheimbotschaft und warf sie uns zu.

Geheimbotschaft Nr. 8, vorn im Umschlag

Auch das noch!

Die Warnung kam außerdem zu spät. Die Haustür der Talers ging auf und Paps und Mam traten in den Garten. Wir standen im Licht einer Straßenlaterne. Sie mussten uns bemerken.

„Krissi!“, rief Mam. Oha

„Krissi!“, rief Paps.

„Krissi!“, rief Frau Taler.

Alle drei sahen nach oben zu Bix’ Zimmer. Bix wich zurück, aber natürlich hatten die drei sie am Fenster gesehen.

„Du hast doch behauptet, Vanessa und Krissi seien bei dir im Zimmer?“, schimpfte ihre Mutter los.

„Es ist echt nicht ihre Schuld“, schniefte ich.

Schnief (trickreich-) was?

Schniefen ist in einem solchen Moment immer ganz gut. „Ich musste noch eine Runde laufen. Vanessa hat mich begleitet. Ich brauchte frische Luft.“

„Vor allem brauchst du jetzt ein Gespräch mit uns!“, sagte Mam bestimmt. Sie streckte die Hand nach mir aus. „Komm nach Hause!“

Ich warf Vanessa einen flehenden Blick zu. Sie konnte mich doch jetzt nicht einfach so im Stich lassen!

„Gute Nacht, Vanessa und Bix!“, sagte Paps zu meinen Freundinnen.

Auf dem Wohnzimmersofa spürte ich auf einmal, wie hungrig ich war. Außer einem der Sägespänekekse von Bix’ Mam hatte ich nichts gegessen. Mein Magen knurrte und sofort holte mir Paps eine Portion Bratkartoffeln aus der Küche. Während ich sie in mich hineinschaufelte, setzten sich Paps und Mam mir gegenüber auf das zweite Sofa.

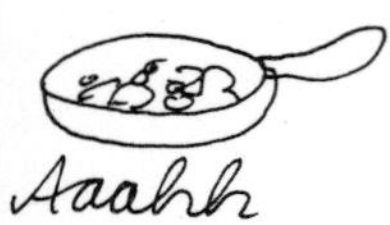

„Krissi, du hast leider mit anhören müssen, wie Oscar und ich uns gestritten haben“, begann Mam.

Ich blickte kurz vom Essen auf. Die beiden musterten mich besorgt und hielten Händchen.

Was sollte das denn jetzt heißen? Vor Erstaunen verschluckte ich mich und musste schrecklich husten.

Hust-hust

Was ist das wieder?

Mam kam herüber, um mir auf den Rücken zu klopfen. Sie blieb dann gleich neben mir sitzen und war wieder wie eine große Schwester.

„Zwischen uns ist alles in Ordnung", betonte Paps.

„Aber … aber du hast doch …?" Ich wollte nicht sagen, dass Paps eine Geliebte im Büro hat.

„Ich habe den Entschluss gefasst, in meiner Firma zu kündigen und mich selbstständig zu machen", verkündete er. „Dazu brauche ich die Hilfe einer meiner besten Kolleginnen. Mit ihr habe ich mich in jeder freien Minute beraten, manchmal auch noch spät am Abend, nach der Arbeit."

Mam nickte bekräftigend. „Damit wollte er mich an meinem Geburtstag überraschen", fuhr sie fort. „Oscar wird einen kleinen Betrieb übernehmen, der auf Gartengestaltung spezialisiert ist. Samt eigener Baumschule. Das war immer unser großer Traum."

Sie drückte mich ein wenig und ich ließ es mir gerne gefallen.

„Aber … aber Frau Boran-Bartenklein“, entschlüpfte es mir auf einmal.

Mam und Paps lächelten mich fragend an. „Was ist mit ihr?“

„Sie … sie war doch heute da und sie … sie ist verknallt in dich …“

Nun lächelten sie wie Eltern, die denken, ihre Kinder seien schlagartig vollkommen verblödet.

„Sie soll *was* sein?“ Paps hob die Augenbrauen.

„Sie war doch hier … vorhin …“, sagte ich lahm.

Davon wusste weder Paps etwas, noch Mam.

Puh! Ich atmete erleichtert auf. Das schien zu bedeuten, dass mit Luzifants Verschwinden auch alles ausgelöscht war, was diese Lehrer-Fernbedienung ausgelöst hatte.

Samt meiner besseren Englischnote, die mir Frau Boran-Bartenklein in ihrem Anfall von Liebestaumel hatte schenken wollen.

Mist!

In der darauffolgenden Woche kam Paps zu uns in die Schule und erzählte, wieso er nun seine eigene Firma haben wollte. Sein Vortrag war sehr spannend und jeder in der Klasse hörte ihm zu. Vor allem betonte er, wie wichtig es sei, beruflich das zu machen, was einem gefiel. Egal, ob man damit viel verdient oder nicht. Die Arbeit sollte Spaß machen.

Er betonte auch, dass eine gute Schulbildung wesentlich für die eigene Zukunft sei. Mit Englisch und Mathematik käme man sehr weit. Das begeisterte meine Klassenkameraden nicht so sehr, aber wir nahmen es einfach zur Kenntnis. Manchmal ist es am besten, Erwachsene reden zu lassen und so zu tun, als wäre man absolut ihrer Meinung.

Blabla

Frau Boran-Bartenklein applaudierte, als Paps fertig war, und in der Klasse stimmten alle mit ein.

Das dicke Ende kam aber noch. Meine Englischlehrerin sagte zu Paps, dass sie etwas erstaunt sei, weil ich behauptet hätte, er stelle Scherzartikel her.

Paps Antwort verdiente einen Oscar. Wirklich. Einen Oscar für den besten Vater der Welt. Er brauchte nur zu mir zu sehen, um zu verstehen, dass ich wieder einmal zum Spaß geflunkert hatte. Sehr ernst antwortete er

meiner Lehrerin: „Das ist leicht zu erklären. Daheim habe ich oft über meine alte Firma als Scherzartikelladen gesprochen, weil mir die Arbeit keine Freude mehr gemacht hat."

Das war jetzt auch geschwindelt und ich wusste plötzlich, von wem ich das Talent zum überzeugenden Flunkern geerbt hatte.

Der Apfel fällt nicht weit vom Stamm. (sagt man so)

Aber was wurde aus meinen pinkfarbenen Sportschuhen und meiner Englischnote?

Aus den pinkfarbenen Sportschuhen wurde nichts. Aber nicht etwa, weil Paps sie mir nicht kaufen wollte, sondern weil ich mich plötzlich für Pink einfach zu erwachsen fühlte. Zitronengelb und Violett gefielen mir bedeutend besser und gegen beide Farben hatte nicht einmal Mam etwas einzuwenden.

Eine wichtige Sache habe ich gelernt: Spickzettel schreiben lohnt sich. Und wie. Nicht, dass ich meinen Spickzettel beim Vokabeltest gebraucht hätte. Ganz und gar nicht. Da ich ihn so oft schreiben musste, konnte ich alle Vokabeln auch so. In Englisch habe ich mich tatsächlich um eine Note verbessert.

Schreibt Spickzettel, bis die Finger bluten!

Ferien gerettet!

Aber wie es zu all dem gekommen ist, verrate ich meinen Eltern besser nicht. So etwas bleibt UNSER GEHEIMNIS!

HALLO THOMAS!

Wolltest du schon immer Schriftsteller werden?
Zuerst wollte ich Tierarzt werden, aber ich habe beim Studium schnell erkannt, dass das kein Beruf für mich ist. Geschichten habe ich mir immer schon gerne ausgedacht und geschrieben habe ich auch gerne. Allerdings nicht in der Schule, denn meine Deutschlehrer waren immer nur auf Fehlerjagd. Geschrieben habe ich mehr für mich und durch viele Zufälle ist aus dem Hobby ein Beruf geworden.

Wie lange brauchst du für ein Buch?
Ganz unterschiedlich. An guten Tagen schaffe ich etwa zwanzig Buchseiten. Es gibt auch Tage, an denen ich nur wenig schaffe. Trotzdem setze ich mich immer hin. Ich höre übrigens immer mitten im Satz zu schreiben auf. Am nächsten Tag fällt das Anfangen dann viel leichter.

Erfindest du alles, was in deinen Büchern steht, oder recherchierst du viel?
Natürlich recherchiere ich, wenn es das Thema verlangt. Sehr gründlich. Das ist auch wichtig für mich, weil ich mich sonst beim Schreiben nicht sicher fühle. Zum Recherchieren bin ich schon U-Boot gefahren, durfte einmal als Flugschüler ein kleines Flugzeug steuern, habe einen Sturzflug miterlebt, Tierpfleger bei der Arbeit begleitet, lange

Gespräche mit Tierschützern geführt und viele Städte und Länder bereist. Die Geschichten selber entstehen natürlich in meiner Fantasie.

Woher nimmst du eigentlich deine Ideen?
Hm, das ist mir selbst ein Rätsel. Sie kommen ganz einfach. Ich ziehe Ideen an wie ein Magnet … Ich halte Augen und Ohren weit offen und fange sie auf diese Weise ein. In meinem Kopf reifen sie dann. Manche ein paar Wochen, andere ein paar Jahre. Von tausend Ideen setze ich aber nur vielleicht dreißig um. Ich sammle ständig und überall. Oft genügt ein winziger Anstoß und auf einmal wächst daraus die Geschichte.

Entstehen deine Geschichten erst beim Schreiben am Computer oder hast du sie schon vorher ganz genau in deinem Kopf?
Mehr als zwei Drittel sind fertig, wenn ich mich zum Schreiben hinsetze. Ich notiere jede Idee in einen Mini-Computer, den ich immer dabeihabe, aber nur aus einigen werden dann Geschichten. Manchmal braucht das „Wachsen“ ein paar Wochen, manchmal ein paar Jahre.

Was ist das für ein Gefühl, wenn man so bekannt ist?
Ich finde es toll, wenn ich Briefe und E-Mails von Lesern bekomme, die mir erzählen, wie viel Spaß und Spannung sie beim Lesen hatten. Das ist für mich ein wunderbares Gefühl. Schließlich schreibe ich nicht, um bekannt zu sein, sondern weil es für mich die tollste Sache der Welt ist.

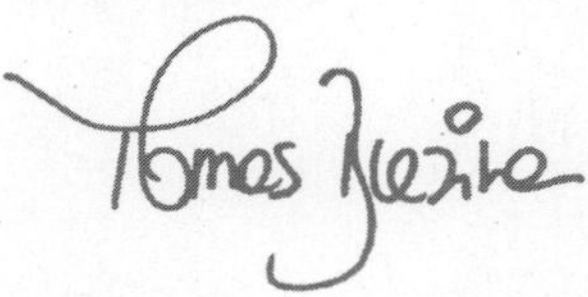

LESEPROBE

NERVENSÄGEN-ALARM!

Pssst! Unser Geheimnis
Band 12
von Thomas Brezina

Der Klavierschutzverein

Jede von uns beiden bekam von Ben ein Geschenk. Er zeichnete für uns, was wir wollten. Krissi wünschte sich einen Delfin und ich eine Vogelspinne. Ben kann eine Vogelspinne so gut zeichnen, dass sie aussieht wie echt. Die Spinne sollte in meine Schreibtischschublade. Mein Brudermonster Felix schnüffelt dort gerne herum, wenn er aber die Spinne sieht, wird er es schnell sein lassen. Er fürchtet sich schrecklich vor Spinnen.

Wir bedankten uns und fuhren heim. Nachdem wir die Räder abgestellt hatten, gingen wir zu Vanessas Haus.

Das große Auto ihres Vaters stand nicht am Straßenrand, und normalerweise bedeutete das, dass die gesamte Familie Reininghaus gerade unterwegs war.

Aus dem Haus hörten wir jedoch Klaviergeklimper.

„Wer quält da das arme Klavier?", fragte Krissi. „Ich finde, es sollte einen Klavierschutzverein geben, der sich für Klaviere einsetzt, die von unmusikalischen Tastenschlägern bearbeitet werden."

Wir klingelten, aber niemand öffnete. Das war seltsam. War vielleicht wirklich niemand daheim?

„Guter Trick", meinte Krissi mit Kennerblick. „Sie lassen vermutlich eine CD mit diesem grässlichen Geklimper laufen, um Einbrecher abzuschrecken."

Ich drückte noch einmal den Klingelknopf. Die Tür blieb zu. Das Klavier jaulte weiter.

Krissi wollte nach vorn zur großen Terrassentür gehen und einen Blick ins Wohnzimmer werfen. Ich war aber dagegen. Frau Reininghaus ist echt keine Kuschel-Mama. Manchmal denke ich, sie ist eine Porzellanpuppe: glatte Haut, eine Nase, die niemals glänzt (dabei pudert sie sich nicht ständig wie meine Mama), feine Hände und Kleidung, in die sich niemals eine Falte verirrt. Sie lacht nicht richtig laut, wie ich das tue. Krissi hat einmal behauptet, ich würde wie eine Hyäne lachen. Frau Reininghaus lacht höchstens wie eine Ameise.

Meine Mama macht tsts, wenn wir alle drei beim Essen auf einmal loslachen müssen und keine Ahnung haben, warum.

Frau Reininghaus hingegen bekommt immer in einem solchen Fall eine Falte zwischen den Augen, die aussieht, als könnte sie sich sofort in einen Blitz verwandeln.

Aus diesem Grund wollte ich nicht zur Terrassentür schleichen. Falls Frau Reininghaus doch daheim war, würde sie bestimmt wieder diese steile Falte bekommen und uns strafend ansehen. Das brauche ich gar nicht. Oh nein, vielen Dank!

Wir mussten das Gespräch mit Vanessa verschieben und gingen deshalb zu Krissi.

Immer wenn Krissi in ihr Zimmer geht, schaut sie als Erstes auf eine große Schneekugel im Regal über ihrem Bett. Es ist eine dieser Glaskugeln, die mit Wasser gefüllt sind. Wenn man sie schüttelt, sieht es aus, als ob es in ihr schneit.

In dieser Kugel hockt eine fette Kröte mit einer Zigarre im Maul. Krissi wollte sich schon wegdrehen, als wir es beide gesehen haben: Die Glut der Zigarre leuchtete immer wieder rot

Krissis Monsteralarmvorhersageschneeschüttelkugel

auf. Ich weiß, es klingt absolut unmöglich, weil die Zigarre doch unter Wasser ist. Doch die Kugel ist ein Geschenk von Alexa. Sie kann Krissi damit ein Zeichen geben, wenn wir dringend gebraucht werden.

„Monsteralarm“, schrie Krissi ein bisschen laut.

Ihr großer Bruder Antonius hatte gerade seinen Wuschelkopf zur Tür hereingesteckt.

„Meinst du etwa mich?“, fragte er gespielt beleidigt.

„Klar, wen sonst?“, gab Krissi locker zurück.

In solchen Momenten bewundere ich sie, weil man ihr nicht anmerkt, dass sie flunkert.

Antonius wollte sich nur Bleistifte von Krissi borgen, die sie ihm widerstrebend gab.

„Sind Mam und Paps nicht da?“, fragte sie ihn, bevor er wieder abzog.

„Gut, dass du mich erinnerst. Sie kommen erst spät. Sind bei dieser Gartenschau, bei der Mam mitmacht.“ Antonius streckte die Brust heraus. „Ich soll auf dich aufpassen. Das hat mir Mam ausdrücklich aufgetragen. Also hör gefälligst auf mein Kommando.“

„Ach ja?“ Krissi zog ihm die Bleistifte wieder aus der Hand. „Die bekommst du nur, wenn du jetzt Ja sagst.“

Argwöhnisch musterte Antonius uns beide.

„Nein.“

Krissi ließ die Bleistifte in ihrer Schreibtischschublade verschwinden und schloss diese ab.

„Pech!“

„He, gib sie her! Ich muss für Geometrie etwas zeichnen und brauche einen dünnen harten Stift.“

Bedauernd zuckte Krissi die Schultern.

Antonius stöhnte gequält auf. „Wie lautet die Frage?“

Die geniale Erpressung

„Darf ich bis acht Uhr wegbleiben?"

„Nein!" Antonius schüttelte energisch den Kopf. Krissi steckte demonstrativ den Schreibtischschlüssel in die Hosentasche.

„Na gut!", willigte Antonius ein und tat, als hätte er gerade sein Taschengeld für die nächsten drei Jahre hergeben müssen.

„Falls Bix' Mam anruft, sag ihr, dass wir unterwegs sind und du es erlaubt hast!", ergänzte

Krissi noch. Ich bewunderte sie wirklich sehr. So etwas brachte nur sie fertig.

Wir kennen mindestens zwanzig verschiedene Wege zum Rathaus. Um eventuelle Verfolger zu verwirren, gehen wir jedes Mal getrennt, wenn Alexa uns ruft.

Auf der Straße deutete ich mit dem Kopf zu Vanessas Haus. „Wir müssen ihr doch Bescheid sagen."

„Ich glaube, sie ist nicht da", sagte Krissi ausweichend. Ein bisschen klang es, als wollte sie Vanessa gar nicht dabeihaben.

So sind wir also nur zu zweit los. Ein Stück bin ich mit dem Rad gefahren, dann gelaufen. Krissi war vor mir im Rathaus. Als ich das Gewölbe betrat, sagte sie gerade ziemlich atemlos: „Was? Ein siebenköpfiger Drache?"

Drachenalarm!

Alexa fläzte sich auf seidenen Kissen wie ein Sultan, den Kopf in eine Pfote gestützt.

„Ich werde bald zum wilden Nasenbeißer, wenn ihr mir nicht mehr Chips bringt. Ihr seid richtige Knauser geworden“, sagte sie sehr vorwurfsvoll.

Krissi wischte den Vorwurf vom Tisch. „He, mal langsam! Du hast gerade gesagt, wir sollen uns um den siebenköpfigen Drachen kümmern, der in die Stadt kommt.“

Alexa wedelte lässig mit der Pfote. „Reg dich nicht so auf! Ist doch kein Grund.“

„Hör mal, du sagst immer, keiner darf etwas von den Ungeheuern erfahren und wir müssen schweigen wie Familiengruften. Und dann soll nichts dabei sein, wenn ein Drache mit sieben Köpfen kommt! Diese Tiere bekommst du nicht in jeder Tierhandlung.“

„Genau!“, pflichtete ich Krissi bei, um auch etwas zu sagen.

Alexa rückte sich die Kissen bequem zurecht. „Der Drache wird nicht zu erkennen sein. Er kann sich in jedes Tier der Welt verwandeln. Gerät er aber in das Strahlenfeld der Kristalle, nimmt er wieder seine normale Gestalt an“, klärte uns Alexa auf. „Wir haben schon zwei Exemplare davon. Sie leben gut versteckt und freuen sich bestimmt über einen Artgenossen.“

„Aha!“ Mehr fiel selbst der sonst so schlagfertigen Krissi nicht dazu ein.

„Aber als welches Tier kommt der Drache?“, wollte ich wissen. „Als Spatz? Als Schwalbe? Als Katze oder als Hund?“

Alexas Pfote sauste nach vorn und zeigte auf mich. „Bingo! Genau das sollt ihr herausfinden. Ich weiß nur, dass der Drache sich im Augenblick in einem kleinen Zirkus versteckt, der vor der Stadt sein Zelt aufgeschlagen hat.“

Krissi verdrehte die Augen. „Wie stellst du dir das vor, Alexa? Sollen wir zu jedem Kamel hingehen und fragen: He, du, bist du in Wirklichkeit ein Drache?“

Ravensburger Bücher von Thomas Brezina

Habe ich	Fehlen mir			ISBN 978-3-473-
O	O	Band 20	**Gute Fee gesucht!**	47436-3
O	O	Band 21	**Traumrolle mit Traumprinz**	47421-9
O	O	Band 22	**Klassenfahrt und Geisterkuss**	47434-9
O	O	Band 23	**Mädchen vor, noch ein Tor!**	47431-8
O	O	Band 24	**Ich krieg die Krise!**	47426-4
O	O	Band 25	**Die Lehrer-Fernbedienung**	47435-6
O	O	Sonderband	**Hilfe, liebes Tagebuch!**	47424-0